Totengfriss

AF236193

Das Autorenpaar ist verheiratet und wohnhaft in Elzach. Beide sind im Elztal geboren und aufgewachsen und auch die Liebe zur Fasnet verbindet sie schon lange, sodass aus einer verrückten Idee und eingeschränkten Beschäftigungsmöglichkeiten während des Corona-Lockdowns im Frühjahr 2020 dieser Debütroman entstand.

B. Engelreiter

Totengfriss

Ein Fasnetskrimi

Dies ist ein Roman – alle Figuren und die Geschichte sind frei er-
funden. Ähnlichkeiten mit lebenden oder bereits verstorbenen
Personen sind rein zufällig.

Bibliografische Information der Deutschen Nationalbibliothek:
Die Deutsche Nationalbibliothek verzeichnet diese Publikation in der
Deutschen Nationalbibliografie; detaillierte bibliografische Daten
sind im Internet über http://dnb.dnb.de abrufbar.

© 2020 B. Engelreiter, 3. überarbeitete Auflage

Umschlaggestaltung: Christian Hentschel
Umschlagfoto: Heimatliebe Photography by Jasmin Seidel

Herstellung und Verlag: BoD – Books on Demand, Norderstedt

ISBN: 978-3-7526-6923-7

Jetzt zeigt Ihr Euer wahres Gesicht,
bis jetzt war's nur die Larve.

Friedrich Schiller in »Maria Stuart«

Rosenmontag

*Gleißende Lichtstrahlen durchschlugen hektisch die fast abso-
lute Finsternis zwischen den Baumstämmen des Waldstücks,
als sich der ebenfalls nachtschwarze Audi A4 mit hoher Geschwindigkeit seinen Weg entlang der schmalen, aber immerhin geteerten Straße bahnte.*

*Verschwommen rauschten die enggedrängten Fichten am
Wageninneren vorbei und wurden dort von den hämmernden
Bässen und der unverkennbar grölenden Stimme des »On-
kelz«- Sängers niedergebrüllt. Nach »Mexiko« sollte ihm zu
Folge die Reise gehen.*

*Glücklicherweise lag das Ziel der Fahrzeuginsassen deut-
lich näher. Im Wageninnern herrschte eine ausgelassene Stimmung. Im Haslacher Raben hofften sie den verlockenden
Grund ihrer nächtlichen Fahrt anzutreffen. Da sollten sie hinkommen, hatten die beiden hübschen Mädels am Telefon gesagt. Dass sie dies erst so spät erfahren hatten, war am Rosenmontag natürlich ungünstig. Auf dem Land war zur vorge-
rückten Stunde generell alles, was nicht direkt an den Gleisen
der Elztalbahn in Richtung Freiburg lag, nur mit dem Auto
zu erreichen und natürlich war im bisherigen Verlauf des Ro-
senmontags nicht nur Fanta die Kehlen hinuntergeflossen.*

*Selbstverständlich fuhr man nicht betrunken Auto – das
wusste ja jeder. Aber so viel war es gar nicht gewesen und an
Fasnet vertrug man ohnehin – zumindest gefühlt – das Dop-
pelte als normalerweise. Darauf hatte sich der Körper irgendwie eingestellt. Eigentlich fühlten sie sich schon wieder so gut
wie nüchtern und verdammt... die Aussicht, ihre Hände
heute Nacht noch um die wohlgeformten Hüften der Kinzig-
täler Mädels anstelle der x-ten Bierflasche zu schließen, er-
füllte sie mit kühner Euphorie.*

Um unnötigen Kontakt mit den Gesetzeshütern zu vermeiden, die heute Abend weiß Gott Wichtigeres zu tun hatten, entschied man sich für den nur Einheimischen bekannten Weg über Biederbach – Hofstetten. Denn hier traf man mit ziemlicher Sicherheit niemanden.

Aber eben nicht mit letzter Sicherheit. Nach einer langgezogenen Rechtskurve, die mit höchstmöglicher Geschwindigkeit genommen wurde und die Insassen fast aus den Sitzen rutschen ließ, stand die Gestalt auf einmal mitten auf der Straße. Weiß wie ein Geist schien sie im Licht der Halogenscheinwerfer zu erstrahlen. Das Quietschen der Reifen setzte viel zu spät und nur Sekundenbruchteile vor dem Aufschlag ein. Doch die Zeit schien fast stillzustehen und diesen alles verändernden Moment einfrieren zu wollen. Nie würden sie die panisch geweiteten Augen in dem bleichen Gesicht vergessen, die soeben realisierten, dass alles vorbei war.

Fasnetsdienstag

Elf Jahre später

Mit einem Klirren barst die Scheibe des Küchenfensters. Kurz darauf tastete eine in schwarzen Lederhandschuhen steckende Hand nach dem Fenstergriff auf der Innenseite und öffnete das Fenster. Nach und nach kletterten mit mäßiger Eleganz drei Männer in das Einfamilienhaus. Jeweils drei weitere sicherten Vorder- und Hintereingang, einer saß rauchend im Wagen und beobachtete die Fenster des am Waldrand gelegenen Hauses, falls ihr Opfer zu fliehen gedachte.

»Die Fensterscheibe geht auf ihn, der isch doch selber schuld, wenn er nit aufmacht. Er weiß genau, dass er aus der Sache nimmer rauskommt«, rechtfertigte sich der junge Mann, der zuerst durchs Fenster - beziehungsweise dessen Überreste - gestiegen war und betrachtete die zahlreichen Glassplitter auf dem gefliesten Küchenboden vor sich.

»Mensch Valle, mach dir nit ins Hemd, du mussch die Schiebe schu nit zahle«, grummelte Martin.

»Puh, hier riechts aber komisch«, murmelte Wolfgang, nachdem er sich als letzter hinter Martin und Valentin durchs Fenster gezwängt hatte.

»Stefan, du Schlofkappe!« donnerte Martin. »Besuch für dich!«

Doch abgesehen vom höhnischen Gelächter seiner Kumpane blieb alles unerwartet still. Schnell huschten die drei Gestalten auf jedes Geräusch hörend und voller Vorfreude über ihren diesjährigen großen Fang Richtung Wohnzimmer.

Einen der Narrenräte hatten sie schon viele Jahre nicht mehr erwischt, noch dazu einen der immer eine große Klappe und ein prall gefülltes Portemonnaie hatte. Der sollte heute Abend ruhig auch mal ordentlich was blechen müssen.

Nachdem er immer noch keinen Mucks von sich gab, rechnete Valentin damit, dass sich Stefan Schultis irgendwo versteckt hatte, vielleicht im Schrank oder unter dem Bett. Was angesichts Stefans aussichtloser Lage die Geschichte des diesjährigen Fangs nur noch krönen konnte.

Umso überraschter waren sie alle, als sie beim Betreten des Flures fast über ihn gestolpert wären.

»Leck, isch der voll...«, entfuhr es dem grinsenden Martin auch sogleich.

»Ha, rotzevoll isch der! Het der sich ihgsaicht?«, lachte Wolfgang, als er die Gestalt vor sich auf dem Boden samt einem feuchten Schritt erblickte. Noch in voller närrischer Montur in sein rotes, zottliges Schuttiggewand gehüllt, mit dem von zahlreichen Schneckenhäusern besetzten Dreispitz auf dem Kopf und vor dem Gesicht eine Holzlarve, die eine bleiche, schaurig lachende Totenfratze - ein sogenanntes Totengfriss - darstellte, schien Schultis die ungebetenen Gäste noch immer nicht bemerkt zu haben.

»Alter, so fest kann man doch nit pennen!«

Doch der Schuttig zeigte keinerlei Reaktion.

»Hey Stefan, alles klar?«, entfuhr es Valentin, dessen Lachen einem unsicheren Grinsen gewichen war. Sanft rüttelte er das Totengfriss an der Schulter. »He, aufwachen!«

»Stefan!«, wiederholte der junge Mann, der nun mit zittrigen Fingern versuchte, die Lederriemen der Larve zu lösen.

»Wer… wer isch au des?«, stammelte Martin verwundert und kalkweiß im Gesicht, nachdem es Valentin endlich gelungen war, dem Schuttig die diabolisch grinsende Holzlarve herunterzuziehen.

»Jessis, isch der tot?«

* * *

Zur gleichen Zeit an einem anderen Ort

Bereits beim Aufwachen dämmerte mir, dass das kein guter Tag werden würde. Opa Erwins heißeres Geschrei zerrte mich nach und nach aus einem komatösen Schlaf an die Bewusstseinsoberfläche. Dieses Bewusstsein bestand erst mal ausschließlich aus einem höllischen Durst und sengenden Schmerzen in meinem Schädel. Kein Wunder, dass mein Körper sich danach sehnte, möglichst lange diesen Zustand zu vermeiden und wieder einzutauchen in eine traum- und empfindungslose Schwärze. Aber Gott… der Morgen nach dem Rosenmontag war selten ein Vergnügen. Doch wie beschissen dieser Tag tatsächlich werden würde, damit war wirklich nicht zu rechnen.

Dabei hatte ich mich dieses Jahr wie schon lange nicht mehr auf den Fasnetsdienstag gefreut. Das war, trotz meiner Liebe zur fünften Jahreszeit, ungewöhnlich für mich. Denn wie der Sonntag für mich der unschönste

Tag des Wochenendes ist, allein weil auf ihn zwangsläufig der Montagmorgen folgt, so ist es auch ein wenig mit dem Fasnetsdienstag, der für mich immer schon mit der Melancholie des auf ihn folgenden Aschermittwochs durchzogen war.

Klar geht das nicht jedem so und vermutlich sind an kaum einem anderen Ort so große Bevölkerungsteile derart begeistert und stolz auf ihre Fasnet wie bei uns im Elztal. Andernorts ist Fasnet ja eher was für Kinder, die natürlich auch bei uns dem närrischen Treiben besonders entgegenfiebern. Auch ich hatte von klein auf einen Narren an der Fasnet gefressen. Sicher verändert sich vieles, wenn man Erwachsen wird und die Spannung und der Zauber ein wenig verschwinden - es ist ja doch jedes Jahr dasselbe. Dennoch ist das Kind in mir und vielen anderen Elztälern nach wie vor lebendig und hat einen Riesenspaß an der Sache.

Der Grund für meine diesjährige Vorfreude hatte aber nichts mit närrischen Umtrieben zu tun, ganz und gar nicht. Der Grund war 28 Jahre alt und hatte verdammt lange, verdammt hübsche Beine und auch sonst einiges zu bieten.

Ann-Sophie Klett sollte ab heute meine neue Kollegin werden. Eigentlich hätte mir bereits unser erstes Treffen alle Vorfreude und Illusionen rauben sollen. Ein Stück weit war das auch geschehen. Aber ich bin nun mal Optimist und allzu viele Highlights hat man nicht, wenn man als Kripobeamter für den Bezirk Zweitälerland, welches das Elz- und das Simonswäldertal umfasst, zugeteilt war.

Warum Ann-Sophie ausgerechnet diesem Außenbereich der Kripo zugeteilt worden war, stellte mich immer noch vor ein Rätsel. Bisher hatte ich den nicht gerade großen Berg an Nachbarschaftsstreitigkeiten, Schlägereien und Diebstählen ganz gut selbst bewältigen können. Umso überraschter war ich, als mir mein Chef, der Schondelmeier Kurt, mitteilte, dass ich ab dem 1. März eine Partnerin bekommen sollte.

Noch größer wurde die Überraschung, als sie mir vorgestellt wurde. Ich hatte eine vertrocknete Bürotante erwartet, die irgendwo abgestellt wurde, bis man sie endlich in Pension schicken konnte, und starrte dementsprechend dämlich das langbeinige, brünette Wesen an, das in der hellgelben Bluse und dem schicken grauen Rock aussah, wie der wahrgewordene Sekretärinnen-Traum.

»Salli! Wisser, Wendelin – die meisten nennen mich einfach Wende«, begrüßte ich sie herzlich und mit einer guten Portion Enthusiasmus.

Die Faszination für meine neue Partnerin hielt leider nur so lange an, bis wir uns in ersten Ansätzen einer Konservation näherten.

»Klett, sehr erfreut. Ann-Sophie Klett«, schob sie nach einer kurzen Pause lächelnd hinterher, wirkte dabei aber nicht ganz so erfreut, wie ihre Mundwinkel es suggerierten sollten.

Ich hoffte, ihre Anspannung auf die verständliche Nervosität in der Situation mit dem neuen Chef und Kollegen schieben zu können, aber mir wurde bald klar, dass die Neue wohl dauerhaft verspannt war. Ich mag es ja lieber etwas lockerer und gerade bei so einer kleinen Polizeidienststelle geht's schon recht ungezwungen zu. Bei den Frotzeleien, die bei uns Standard waren, durfte man jetzt nicht so ganz penibel sein. Genau den Eindruck machte sie aber.

»Ist dir Anne oder Sophie lieber?«, fragte ich.

»Ihr seid hier ja schnell beim *du*«, stellte sie immer noch lächelnd fest, aber dass dieses Lächeln nicht viel zu sagen hatte, hatte ich ja von Anfang an bemerkt. »Also Ann-Sophie ist schon ein richtiger Name. Ist da wo ich herkomme auch alles andere als selten. Also wenn schon Vorname, dann bitte auch richtig und in diesem Fall vollständig, okay?«

»Wir können auch Wisser und Klett machen, wenn das den Herrschaften recht ist. Klingt doch gut«, erwiderte ich etwas pikiert.

»Ganz wie Sie wollen«, strahlte sie gekünstelt und hatte es jetzt echt geschafft, dass es so aussah, als hätte ich das mit dem Nachnamen und dem damit zwangsläufig verbundenen Siezen so gewollt.

Ein paar Tage später rief mich der Schondelmeier Kurt an.

»Wende, deine Eltern haben doch Fremdenzimmer auf dem Hof, oder nicht?«

»Joa, das stimmt. Warum?«

»Die neue Kollegin, die dich ab März unterstützen wird, … ich habe gerade mit ihr telefoniert. Sie hat ein Problem mit ihrer neuen Wohnung. Die wird leider erst zum Wochenende fertig. Und da dachte ich, bevor sie sich irgendwo im Hotel einmietet… da könnt ihr euch schon mal richtig aneinander gewöhnen. Ich würde dir das echt hoch anrechnen.«

Wie soll man seinem Chef da widersprechen? Und gegenüber seinem Vorgesetzten gut Wetter machen, konnte ja nicht schaden.

»Sie kunnt, sie kunnt!«, rief die heisere Stimme von Opa Erwin ein weiteres Mal und ließ mich erneut aus meinem Dämmerzustand hochfahren.

Seit Opa Erwins Knie nicht mehr so recht wollten und er viele Tätigkeiten am Hof nicht mehr selbst durchführen konnte, was ihn tief in seiner Bauernehre kränkte, saß er oft stundenlang, teils mit Feldstecher bewaffnet, am Stubenfenster und blickte ins Tal. Von dort konnte man bis zur Abfahrt der B294 sehen. Da Opa natürlich die wenigen Autos auswendig kannte, die normalerweise zu der Handvoll Höfe hier oben fuhren, war es an normalen Tagen schon ein kleines Highlight, wenn ein unbekannter Wagen die Stichstraße hier hoch nahm und Opa sich fragen konnte, wer das wohl sein mochte und was der hier zu suchen hatte. Heute durfte er ja sogar mit Besuch rechnen, der mittlerweile leider etwas selten geworden war. Besonders was junge hübsche Frauen anging – nicht nur zu Opa Erwins Leidwesen.

»Wendelin, wo bisch denn du? Die Dingsbums da kunnt!«, schrie nun auch Oma Erika von unten und ich fuhr senkrecht in die Höhe.

Sofort darauf wurde mir klar, dass abrupte Bewegungen an diesem Fasnetsdienstagmorgen nichts für meinen schweren Schädel waren. Der Schmerz schoss mir dröhnend bis an die Schädeldecke und ich brauchte erst mal ein paar Sekunden auf der Bettkannte, um das Stechen hinter meiner Stirn abklingen zu lassen.

In diesen Sekunden traf mich die Erkenntnis, dass der Eindruck, den ich gleich abliefern würde, ziemlich jämmerlich sein würde. So hatte ich mir das nicht vorgestellt. Vermutlich stank ich wie eine Kuh aus dem Maul und sollte erst mal auf Abstand bleiben. An Duschen oder andere ausgedehnte Hygienetätigkeiten war nicht mehr zu denken. Ich hatte vielleicht noch drei Minuten, bis das Auto hier auf dem Hof einfuhr und dann weitere drei Minuten bis es unhöflich wurde, dass ich, vermutlich als Einziger, nicht zur Begrüßung herbeieilte.

Mit Glück würde sie erst mal zu einem falschen Hof fahren. Viele Navis – oder vielleicht auch deren Besitzer – versagten hier oben nämlich auf den letzten Metern.

Leider dauerte es zumindest gefühlt nur eine Minute, da hörte ich bereits das Knirschen von Reifen auf der Hofeinfahrt. Ich hatte mir schnell irgendwelche frischen Klamotten angezogen, zwei Handvoll Wassers ins Gesicht und zwei Gläser davon in den durstigen Rachen geschmissen und mit den noch nassen Händen versucht, die schlimmsten Wirbel meiner zu Berge stehende Haare anzudrücken.

* * *

»Hallo Ann-Sophie, da bisch du… äh, da sind *Sie* ja«, begrüßte ich den Neuankömmling und schob mich an meinen Eltern und Großeltern vorbei, die sich bereits zu einem erwartungsfrohen Empfangskomitee aufgereiht hatten.

»Darf ich vorstellen? Meine Eltern und meine Großeltern.«

Meine neue Kollegin reichte ihnen nacheinander die Hand.

»Ann-Sophie Klett. Es ist wirklich sehr freundlich, dass Sie mich vorübergehend bei Ihnen wohnen lassen.«

»Passt schon«, meinte mein Vater. »Machen wir doch gern«.

»Schön haben Sie es hier.«

Der Blick von unserem Hof hinab ins Tal war wirklich toll. Meist wurde einem das aber auch erst wieder bewusst, wenn man von einem Außenstehenden darauf hingewiesen wurde.

»Dankeschön. Heut ist ja ein absolutes Mistwetter. Aber Sie sollten mal im Frühling hier stehen, wenn die Apfel- und Mirabellenbäume hier entlang der Straße blühen, oder im Sommer, wenn auf den Feldern der Wind Wellen in die Weizenfelder wirft und die Sonnenblumenfelder in der Sonne leuchten. Wenn Schnee liegt, ist es natürlich etwas schwierig hier, da kann es den Hang runter eine gefährliche Schlitterpartie werden und man braucht hoch einiges an Schwung. Da muss man beten, dass einem kein anderes Fahrzeug entgegenkommt. Aber schön anzuschauen sind die schneebedeckten Felder und Höfe, die sich dann wie schlafende

Riesen unter Schneekuppen verstecken, auf jeden Fall«, schwadronierte mein Vater enthusiastisch drauf los.

Leuchtende Sonnenblumenfelder? Schlafende Riesen? Nicht nur ich schien heute Morgen etwas neben der Spur zu sein.

»Isch gut, Ralf, ich glaub, sie het's verstande.« Beschwichtigend legte meine ebenfalls irritierte Mutter meinem Vater eine Hand auf den Arm. »Er isch halt sehr stolz auf seinen Hof«, versuchte sie mit Blick auf Ann-Sophie entschuldigend zu erklären.

»Auf *meinen* Hof!«, brummte Opa Erwin.

Der Wisserhof stand hier schon seit Generationen, was irgendwie schön war und irgendwie nicht, weil mit den Generationen ging es so ein bisschen zu Ende. Also jetzt nicht, weil ich keine Kinder und derzeit auch keine passende Frau dafür in Aussicht war, was laut Opa Erwin mit über 30 eine Schande war. Zumal ich seiner Meinung nach ja gar nicht mal so hässlich wäre. Komplimente waren nicht so seine Stärke. Aber das ist ein anderes Thema.

Das Generationenproblem hatte eine andere Ursache. Vorhanden wären sie schon, denn auf dem Hof lebten mehrere Generationen zusammen. Auf der untersten Etage meine Großeltern, darüber hatte ich meine Wohnung und nebendran noch zwei Fremdenzimmer, die aber kaum mehr genutzt wurden, seit alles nur noch online gebucht wurde. Den Trend hatten mein Opa und meine Oma etwas verschlafen, aber das war ihnen ganz recht so. Im Prinzip war es nämlich so, dass die Fremdenzimmer ihnen mittlerweile zu viel Arbeit machten. Das war ja auch völlig in Ordnung, immerhin waren beide schon an die 90. Und so konnte man es auf die Digitalisierung und den »neumodischen Quatsch« schieben und das Gesicht wahren und musste sich nicht eingestehen, dass es anders auch gar nicht mehr gegangen wäre. Nur ganz selten kamen noch ein, zwei Stammgäste, die aber nicht viel jünger als Oma Erika und Opa Erwin waren und eigentlich mehr Freunde, sodass hier das Wort Fremdenzimmer sowieso deplatziert war.

Unser Hof war ein typischer, stattlicher Schwarzwaldhof, der sich in die Schräglage des Hanges einfügte. Aufgrund des Hangs hatte die Hofrückseite keine Steinwand, sondern ein großes Tor, sodass man ebenerdig in die Tenne, also in das riesige Dachgeschoss über Stall- und Wohnteil des Hofs, gelangen konnte. In der Tenne wurde Heu und Stroh vom Feld eingefahren, das durch offene Bereiche auf den darunter befindlichen Heuboden fiel. Vom Heuboden wiederum konnten dann die täglich benötigten Heumengen durch ein Loch im Boden in den Stall hinabgeworfen werden. Der Stall befand sich in der hinteren, dem Hang zugewandten Gebäudehälfte. In der vorderen, dem Tal zugewandten Seite, befand sich der Wohnteil. Die Front mit den Holzbalkonen war im Sommer stets mit endlos vielen Geranien verziert, die Omas ganzer Stolz waren.

Gegenüber der Straße, die unser Hofgrundstück durchschnitt, lag das ehemalige Leibgedinge, in dem meine Eltern lebten. Meine Eltern waren beide berufstätig und halfen am Hof aus, wo sie konnten. Aber eigentlich auch mehr aus Gewohnheit und um den Frieden zu wahren. Für Opa Erwin war das schon keine würdige Nachfolge, trotz aller Mühe, die meine Eltern investierten.

Doch ich schwarzes Schaf hatte seit einer etwas schwierigen Jugendphase klipp und klar gemacht, dass ich keinen Bock hatte, den Hof zu führen. Immer, wirklich jeden einzelnen Tag, sogar an Weihnachten, Ostern, Fasnet musste man verdammt früh aufstehen, um den Stall auszumisten, den Kühen Futter zu geben und dann konnte man wegen den doofen Viechern praktisch nicht in Urlaub fahren. Und das Ganze quasi ohne sicheres, geregeltes Einkommen – danach stand mir so gar nicht der Sinn. Zumal ich auch immer wieder live mitbekam, wie oft es wegen Kleinigkeiten Streit zwischen meinem Opa und meinem Vater kam. Jeder hatte seine eigenen Ansichten, wie dies und jenes am besten gemacht werden sollte.

Auch wenn es meinen Großeltern, vor allem Opa Erwin, das Herz brach, wenn er daran dachte, dass sein Hof, der an dieser Stelle schon seit sechzehnhundertschieß-mich-tot stand, nach seinem Tod wohl nicht in seinem Sinne weitergeführt werden würde.

Ich liebte meine Großeltern wirklich, aber – das warf jetzt kein so gutes Licht auf mich – ich konnte nicht mein ganzes Leben nach ihnen ausrichten, nur um ihnen einen Gefallen zu tun. Und jeder, der das nicht gut findet, sollte sich überlegen, ob er das tun wollte. Ich wollte es jedenfalls nicht und das führte, bei aller Zuneigung, doch immer wieder zu Streit.

»Jetzt aber rein in die gut Stube! Nit, dass sich noch einer verkältet!«, rief meine Oma und schob Ann-Sophie ins Haus.

Auf dem extra mit einer handbestickten Tischdecke versehenen Esstisch in der Stube war bereits eingedeckt worden – sogar mit dem uralten klobigen Silberbesteck, das wenn schon nicht schön, meiner Oma nach zumindest wertvoll war.

Über all dem wachte im »Herrgottswinkel«, also über dem Eck der Sitzbank, der gekreuzigte Heiland, eine hölzerne Mutter-Gottesskulptur und ein halbes Duzend kleiner Engel- und Heiligenbildchen, damit es dem Essen auch ja nicht an göttlichem Segen mangelte. Obwohl Oma das gar nicht nötig hatte. Sie war eine fantastische Köchin, sofern man keinen Wert auf fett- und kalorienreduzierte Kost legte. Auch wenn das Opa Erwin natürlich nicht davon abhielt, immer etwas zum Nörgeln zu finden. Gerade in den letzten Jahren gewann er mehr und mehr den Eindruck, dass das Fleisch immer zäher wurde. Für mich war viel wahrscheinlicher, dass dieses Phänomen mit seinem Kauapparat zusammenhing, aber ich wollte keinen unnötigen Streit anzetteln und behielt das stets für mich.

»Komm, setzt dich hi, Maidli, ich hob e schöni Nudelsupp gkocht«, sagte Oma Erika in ihrem besten Hochdeutsch und eilte zum Herd. »Mit extra viel Rindfleisch, solang mir noch dürfe«, ergänzte sie schelmisch lächelnd im Hinblick auf den morgen anstehenden Aschermittwoch, den Beginn der Fastenzeit. Da war Fleisch natürlich strengstens verboten. Keine Ahnung, wie ich das 24 Stunden aushalten sollte. Danach nahmen wir das bis zum Karfreitag zum Glück nicht mehr so genau.

»Oh, ähm, vielen Dank.« Ann-Sophie rutschte auf die Eckbank. »Das ist wirklich sehr nett, aber es ist so, ich bin Veganerin.«

»Veganerin?«, fragte Oma Erika verwirrt. »Was isch au des?«

»Weißsch, Oma«, mischte sich da mein Vater ein. »Des isch eine Ernährungsform, bei der man ganz auf tierische Produkte verzichtet. Des isch ziemlich gut fürs Klima, weil man da viel CO_2...«

»Gar kei Fleisch?«, unterbrach ihn die Oma entsetzt, »Ja aber, wie soll ma da zu Kräfte kumme?«

»Noch'm Krieg, da ware mir froh, überhaupt ebbis zum Bisse z'ho, do hätte mir uns solchi Extrawürscht nit erlaube könne«, grummelte Opa Erwin und nahm sich ein großes Stück Rindfleisch aus der Suppe.

»Aber des isch doch kei Problem«, versuchte meine stets um familiäre Harmonie bemühte Mutter die Situation zu entschärfen. »Ich hob hit Morge e gonz leckeres Holzofebrot bache. Do mache wir e wing frischi Butter drauf, donn schmeckt des au gonz wunderbar.«

»Ja, also Butter... das ist ja auch ein tierisches Produkt...«

»Au kei Butter?! Ja, aber den mocht ma doch us Milich, do isch ja donn kei Fleisch drin.«

»Ich möchte gar keine tierischen Produkte essen«, erwiderte Ann-Sophie, der das ganze Gespräch zusehends unangenehm wurde. »Kein Fleisch, keine Eier, keine Milch und auch keine Butter.«

»Frisst des Maidli nur Gras oder was«, murmelte Opa kopfschüttelnd aber leider laut genug, dass es vermutlich auch Ann-Sophie gehört hatte, und Oma stellte den Suppentopf zurück auf den Herd.

Na, das konnte ja noch heiter werden, denn dass auch die bestmöglich vorgetragenen Argumente meinen 91-jährigen Opa nicht davon abhalten würden Veganismus für bescheuert zu halten, war augenscheinlich allen Anwesenden klar.

Zum Glück klingelte gerade in diesem Moment mein Diensthandy.

* * *

»Na, das ging ja schnell. Kaum sind Sie hier, schon haben wir eine Leiche«, sagte ich in die Runde und ließ mein Handy zurück in die Hosentasche gleiten.

»Was?! Wer isch tot?«, wollten alle Familienangehörigen sofort wissen.

»Dienstgeheimnis«, antwortete ich und zwinkerte meiner ziemlich erleichtert wirkenden neuen Teamkollegin, die gerade überlegte, wie sie sich am geschicktesten aus der Eckbank zwängen sollte, vertraulich zu.

»Sunsch sagsch es doch au immer«, schmollte Opa Erwin wenig schmeichelhaft und erntete dafür gleich strafende Blicke von mir und, wohl aus Gewohnheit, auch von seiner Frau.

»Also, was ist passiert?«, wollte Ann-Sophie gleich wissen, als sie den Schlüssel ins Zündschloss steckte. Meinen Wunsch, dass doch lieber sie fahren möge, hatte sie mit vielsagend hochgezogenen Augenbrauen quittiert. Hoffentlich hatte ich keine so starke Fahne.
　　»Ein toter Schuttig, …«
　　»Bitte?«
　　»Ach ja … also, die Narrengestalt von Elzach, dem nächsten Städtchen hier, nennt sich Schuttig.«

Der Schuttig blickte auf eine lange Historie zurück, wie ich meine Kollegin nur allzu gerne aufklärte. Traditionell war der Schuttig in rote Filzzotteln gekleidet, dem sogenannten »Schuttiganzug«. Auf dem Kopf trägt er einen umgedrehten Dreispitz, der über und über mit Schneckenhäusern besetzt ist und an den drei Enden in rote Wollbommel mündet. Die Schneckenhäuschen sorgen durch ihr Scheppern für die geeignete akustische Untermalung, wenn der Schuttig rennt oder wie bei den Umzügen wild umherspringt. Am Schuttighut ist ein grünes Tuch befestigt, welches Hals und Hinterkopf bedeckt und natürlich die Holzlarve, die in verschiedenen Varianten geschnitzt werden kann, sodass jeder Schuttig mehr oder weniger einzigartig ist. So gibt es Bären und Füchse, Teufel und Indianer, diverse Fratzen und auch besonders grausige, wie das Totengfriss, das den Tod selbst symbolisieren soll. Abgesehen von seiner langen Tradition zeichnet den Schuttig eine Besonderheit aus: in der Öffentlichkeit zieht er seine Larve, von denen die meisten Elzacher mehrere besitzen, niemals herunter. Dadurch bleibt die wahre Identität des Schuttigs stets ein Mysterium und höchstens die engsten Freunde wissen, wer sich darunter verbirgt.

»Und so einer liegt tot in einem Elzacher Hausgang und zwar beim Schultis Stefan daheim, einem der Narrenräte. Aber der Tote ist er nicht... also die Leiche ist nicht der Stefan. Wo der ist, wissen wir noch nicht und seine Frau ist mit der Tochter wie jedes Jahr an Fasnet im Skiurlaub«, erläuterte ich, wobei ich den letzten Satz mit einem unbewussten Kopfschütteln ob dieser Beleidigung der heimischen Traditionserhaltung unterstrich.

»Also ist die Identität des Toten noch ungeklärt?«

»Ja, abgesehen von Martin, dem örtlichen Wachtmeister, ist vermutlich noch niemand von den Einsatzkräften am Tatort. Und der hat uns hoffentlich gleich informiert, bevor er da alles durcheinanderbringt.«

»Okay, und wer hat dann den Toten gefunden, wenn die Familie nicht da ist? Eine Putzfrau?«, fragte Ann-Sophie und brauste mit ihrem roten Flitzer so zackig über die kurvige Landstraße, dass ich befürchten musste, die Biere des gestrigen Abends gleich über ihr lederbezogenes Armaturenbrett zu leeren. Aber natürlich versuchte ich mir nichts anmerken zu lassen.

»Nein, die Fänger sind durchs Küchenfenster einge-stiegen und haben dann die Leiche entdeckt.«

»Einbrecher haben den Polizisten informiert?!«

»Nein, der war schon dabei.«

»Der Dorfpolizist gehörte zu den Einbrechern?«, er-widerte Ann-Sophie entsetzt und übersah fast die nächste Kurve.

»Das waren keine Einbrecher im klassischen Sinne. Herrgott... jetzt lassen Sie mich doch mal ausreden«, murrte ich. »Also, die Elzacher sind etwas speziell - oder wie sie sagen würden, *traditionsbewusst* - was ihre Fasnet angeht und nehmen die auch teilweise sehr ernst. Au-ßerdem gibt es da so einige Bräuche, die wenn man jetzt aus der Großstadt kommt, vielleicht etwas bizarr anmu-ten.«

»Ich komm aus Vaihingen, das ist nicht wirklich Großstadt. Aber erleuchten Sie mich.«

Das mit dem Siezen zieht die aber konsequent durch, dachte ich konsterniert. Ich kurbelte etwas das Fenster hinunter, sog gierig die frische Luft ein und begann zu erzählen:

»Also, einer dieser Bräuche ist das Latschari-Fangen. Ganz kurzgefasst müssen sich alle Elzacher Männer am Fasnetsdienstagmorgen um 9.00 Uhr im Löwen treffen. Dort sitzt man dann halt lustig zusammen und schaut, wer da ist und wer fehlt. Und diejenigen, die fehlen, sind dann zur Jagd durch die Latscharifänger freigegeben.«

»Moment, Sie sagen alle Elzacher Männer treffen sich in diesem Löwen. Das ist ein Gasthof, oder?«

»Ja?«

»Und da passen alle Männer aus der ganzen Stadt rein?«

Naja, Stadt war jetzt etwas schmeichelhaft, aber in der Tat wurde Elzach um 1290 das Stadtrecht verliehen und was man einmal hat, gibt man ungern wieder her – auch wenn der Stadtstatus durch die sehr beschauliche Größe von knapp 3.300 Einwohner mittlerweile in keiner Weise mehr zu rechtfertigen war.

»Ja… scheinbar. Ich war da zugegebenermaßen auch noch nie. Vermutlich ist's da dann rappelvoll, aber das ist es an der Fasnet eh immer.«

»Und wer am Dienstagvormittag um 9 Uhr arbeiten muss?«

»Da arbeitet doch keiner am Fasnetdienstag! Außer uns armen Schweinen… Egal, worauf ich hinauswill, ist, dass diejenigen, die nicht im Löwen, aber sehr wohl in Elzach sind – also meist irgendwer, der am Abend vorher zu viel gesoffen und verschlafen hat – von einer Truppe von Männern, den sogenannten Fängern, gejagt wird. Und der Martin, also unser Polizist vor Ort, ist eben einer von denen. Naja, und die gehen da auch manchmal etwas rabiater vor, weil… was wollen sie denn machen, wenn jemand nicht die Tür aufmachen will. Also verschaffen sie sich dann halt anders Zutritt.«

»Aber das ist doch Hausfriedensbruch und vermutlich Sachbeschädigung und Geiselnahme und…«

»Ja schon. Aber das ist da halt so Brauch und wo kein Kläger…«

»Also, wenn die bei mir einbrechen, fangen die sich eine Kugel.«

Das glaubte ich sofort.

»Aber die brechen doch nicht bei Ihnen ein, Sie sind ja eine Frau und die spielen da jetzt eher keine Rolle. Außer, Sie würden mit Ihrem Freund zusammenwohnen, der wär dann ein potentielles Opfer«, versuchte ich ganz unverfänglich ein paar Informationen über meine neue Kollegin zu bekommen.

»Ich habe keinen Freund. «

»Dacht ich's mir doch«, nuschelte ich selbstzufrieden und bereute meine Worte noch im selben Augenblick.

»Was soll denn das nun heißen?«, keifte Ann-Sophie sogleich.

»Nichts… also, das haben Sie jetzt falsch verstanden. Ich wollt nur sagen, ich hab halt eine gute Menschenkenntnis und ich hab's mir halt einfach gedacht.«

»So?«

»Ja, sorry. Wie gesagt, war nicht so gemeint. Naja, und den Kerl, den die Fänger erwischt haben« versuchte ich das Thema wieder in unverfänglichere Gewässer zurückzulenken, »ernennen sie zu ihrem neuen Vorstand und machen dann mit ihm einen Umzug und feiern am Abend richtig und dann muss der auch mal die ein oder andere Runde für die Fänger springen lassen oder so.«

»Und dafür dieser ganze Aufwand samt der eigentlich strafbaren Delikte?«

»Ja, wie gesagt, die sind ein bissel verrückt, aber eigentlich ganz sympathisch.«

»Das ist total bescheuert. Die wählen irgendeinen besoffenen Trottel zu ihrem Vorstand? «

»Mhmm.«

»Und wenn er nein sagt?«, fragte sie ernsthaft um Verständnis bemüht.

»Ich weiß es nicht. Ein Nein gilt wahrscheinlich nicht. Wie gesagt, ich bin da nie dabei. Da vorne müssen Sie rechts abbiegen.«

»Und Frauen sind da nicht willkommen?«

»Nee.«

»Oje, wo bin ich nur gelandet. Wie rückständig ist denn das?«

Das ging mir dann doch etwas zu weit. So erwiderte ich, in meinem Schwarzwälder Lokalpatriotismus gekränkt: »Sie wollen da doch eh nicht mitmachen, haben Sie doch gerade gesagt. Dann ist das doch gut, wenn Sie außen vor sind.«

»Ich will da ganz sicher nicht mitmachen. Aber es geht ja ums Prinzip.«

»Ach so, na klar.« Typisch Frau!

»Da vorne dann auf jeden Fall links und dann einfach 200 Meter die Straße lang«, sagte ich und war doppelt froh, dass diese Fahrt nun zu einem Ende kommen würde. Wie konnte man auch so gar kein Verständnis für althergebrachte Traditionen haben? Und mit dieser Schnepfe sollte ich zukünftig jeden Tag zusammenarbeiten… die hielt uns doch für totale Hinterwäldler. Das Gespräch hatte mir schon gereicht und dann auch noch dieser Fahrstil! Mir war speiübel und mein Schädel dröhnte schon wieder. Scheißtag – ich hatte es ja gleich gewusst.

Die letzten Meter verbrachten wir schweigend.

* * *

Elzach zeigte sich zur Fasnetszeit in seinem schönsten Gewand. Die Hauptstraße, durch die die insgesamt vier über die Fasnetstage verteilten Schuttigumzüge führten, war mit roten und grünen Wimpeln verziert und an den Häusern flatterten die Schuttigfahnen im Wind. Auf der Straße war bereits einiges los. So tummelten sich Cowboys Arm in Arm mit Indianerinnen, Prinzessinnen flanierten neben Einhörnern, Monstern und vielen weiteren närrischen Gestalten durch die Gassen - alle bereits in froher Erwartung des letzten Schuttigumzugs, der traditionell am Nachmittag des Fasnetsdienstags stattfand.

Das Haus der Familie Schultis befand sich etwas abseits des närrischen Treibens am Waldrand in einer Reihe von schmucken Einfamilienhäusern aus den 90ern.

»Salli, Wende, kummsch au endlich mol vorbei? Warsch noch debi dini Bägle uszukuriere, oder was?«, begrüßte mich der Elzacher Revierleiter Martin Dörrsam vor dem Haus der Familie Schultis in Anwesenheit unserer neuen Kollegin dann doch etwas zu unprofessionell für meinen Geschmack.

Martin war Anfang 50, sehr groß und dabei fast so hoch wie breit. Das etwas grobschlächtige Gesicht wurde von einem voluminösen, dunkelhaarigen Schnauzer und einer ebenso dicken Nase geziert. Die Kopfbehaarung war über die Jahre deutlich spärlicher geworden und konnte mit dem Schnurbart mittlerweile nicht mehr mithalten. Aber dafür gab es ja Polizeimützen, die Martin mit einem gewissen Stolz umhertrug.

Die Vorstellung meiner neuen Kollegin schien bei den restlichen Fängern, die einträchtig um den Esszimmertisch beziehungsweise der darauf stehende Kirschwasser-Flasche versammelt saßen, mehr Aufmerksamkeit zu erregen als die Leiche im Eingangsbereich. Doch weder mir noch Ann-Sophie lag derzeit an Smalltalk und den unqualifizierten Kommentaren angetrunkener Männer, sodass ich das Gespräch gleich auf den Grund unseres Erscheinens lenkte.

»Habt ihr hier irgendwas verändert? Ist alles genauso, wie ihr es vorgefunden habt? Seid bitte ehrlich, das kann wichtig sein.«

»Natürlich nit!« wehrte sich Martin vom Chor der anderen unterstützt und offenbar in seiner Polizistenehre gekränkt. »Ich hab de Jungs gsagt, sie dürfe nix ofasse und hab sie extra durch d'Terrassetür niglosse, damit's keini falsche Spure im Eingangsbereich git«, verkündete er Lob heischend, erhielt aber zu seiner Enttäuschung nur skeptische Blicke unsererseits.

»Ja gut, die Gläser hämma usm Schrank g'holt ... und die Scherbe da beim Kuchifenschter, des ware natürlich mir. Aber sunsch... Ach ja, die Larve hett de Valentin dem Tote runterzoge. Mir musste ja schließlich überprüfe, ob er noch lebbt und wer des überhaupt isch«, grummelte es aus Martins Heiner-Brand-Gedächtnisbart.

»Wir haben alle gedacht, das ist der Stefan. Es ist ja auch sein Totengfriss, was der da aufgehabt hat«, ergänzte ein junger Bursche in der Runde, vermutlich der eben angesprochene Valentin, mit Blick auf die eben genannte kunstvoll geschnitzte Larve.

»Okay, genug geschnäpselt. Wir brauchen euch alle nüchtern für die Zeugenaussagen und da die SpuSi bald hier sein dürfte, auch deutlich mehr Platz. Die steigen uns aufs Dach, wenn sie sehen, wie viele hier in der Wohnung waren und dass ihr euch am Kirschwasser bedient habt. Also, alle mal raus hier… auf dem gleichen Weg wie ihr reingekommen seid. Außer die, die den Toten gefunden haben.«

»Gott, bin doch nit so miesepetrig«, meckerte Martin. »Die arme Kerli hänn noch nie e Leiche gsähne. Da brauchts halt mol e Schnaps uff den Schrecke.«

»Apropos Schnaps«, fiel ich ihm verärgert ins Wort. »Die Gläser da nimmst du jetzt, spülst sie ab und stellst sie zurück in Schrank. Wenn der Alex von der Spurensicherung das sieht, macht er uns alle einen Kopf kürzer und darauf hab ich echt keinen Bock!«

Ann-Sophie sagte nichts, doch ihre Gesichtszüge wirkten ziemlich verkniffen. Zum Glück hielt sie sich bisher zurück. Wäre ja noch schöner, wenn sie vor allen Anwesenden meine Vorgehensweise kritisieren würde.

Schmollend verzog sich Martin mit den Gläsern in die Küche und Ann-Sophie und ich sahen uns die Leiche näher an. Maximal 30 Jahre alt, männlich, südländischer Typ, auch wenn das aufgrund der Leichenblässe nicht mehr ganz so eindeutig auszumachen war. Mit einem

Griff in die Hosentasche des Verstorbenen beförderte Ann-Sophie geschickt einen Schlüsselbund samt BMW-Emblem und einen Geldbeutel zu Tage.

»Pietro Santoro, deutscher Staatsbürger, Jahrgang 89.«

»Wohnhaft in Waldkirch?«, fragte ich.

»Ja«, stellte Ann-Sophie erstaunt fest. »Kennen Sie ihn?«

»Die Santoros kennt hier jeder im Polizeidienst«, tönte es stellvertretend von Martin aus der Küche. Der hatte seine Ohren auch immer überall.

»Das ist wohl wahr«, ergänzte ich »und nein, ich hab den Verstorbenen noch nie gesehen. Aber die Santoros aus Waldkirch sind sozusagen die lokale Zweigstelle der Mafia oder waren es zumindest früher. Mittlerweile sind die meisten ziemlich vorbestraft und haben sich aus den Geschäften zurückgezogen.«

»Ach was, die hänge da alle immer noch mit drin, die Spaghettifresser«, klang es erneut ungefragt aus der Küche, »die henn nur däzuglernt und lenn sich nimmi verwische«.

Kurz darauf erschienen die Jungs von der SpuSi, gefolgt von unserem frischgebackenen Rechtsmediziner Dr. Novak. Nach einer kurzen Begrüßung mit obligatorischem Smalltalk scheuchte er uns vom Tatort weg, um seiner Berufung nachzugehen. Ich komme mittlerweile ja ganz gut mit dem Anblick von Leichen klar, aber es gehörte definitiv zu den unschöneren Dingen in meinem Beruf und die Faszination, die dieser junge Kerl für tote

Körper hegte, war mir äußerst suspekt. Dennoch war ich froh Leute wie Novak zu haben. Es ist absolut beeindruckend, was gute Rechtmediziner und Forensiker heute alles herausfinden können.

Da nach kurzer Unterredung mit Martin klar war, dass außer den dreien, die in die Wohnung eingestiegen waren, keiner der Fängergruppe etwas Konstruktives mitteilen konnte, ließ ich Martin die Personalien und Kontaktdaten der anderen aufnehmen und diese dann auch weiterziehen. Ob es dieses Jahr zeitlich noch für den Fang eines anderen Latscharis reichen würde, war zumindest fraglich, aber das war nicht mein Problem, wenn man das angesichts der aktuellen Situation überhaupt als Problem bezeichnen wollte.

Nach einem kurzen Gespräch über erste Erkenntnisse mit Novak kristallisierte sich heraus, dass es ihn nicht weiter störte, wenn wir die Befragung der verbliebenen drei Fänger in der Küche durchführten. Ich hatte ernsthaft in Erwägung gezogen, die Zeugenbefragung ins Revier nach Emmendingen zu verlegen, weil mir die ganze Situation, gerade mit Martin, der ja zugleich Zeuge, guter Bekannter und Polizist war, hier deutlich zu leger war.

Aber es sprach zu viel dafür die Aussagen gleich hier aufzunehmen. So konnte ich mir den möglichen Tathergang vor Ort am besten vorstellen, hier konnten uns Ungereimtheiten oder Unklarheiten am besten auffallen und auch die Zeugen würden sich an Ort und Stelle am besten an jedes Detail erinnern. Außerdem mussten noch die Nachbarn und eventuelle weitere Zeugen hier in Elzach befragt werden und die Fahrerei nach Emmendingen aufs Revier und wieder zurück, wäre wirklich umständlich gewesen.

Valentin Schneider war mit seinen 24 Jahren der jüngste der Fänger und zugleich vermutlich der attraktivste, mit Sicherheit aber der sportlichste. Er war in der 1. Fußball-Mannschaft im Ort für seine Sprintqualitäten bekannt und die 15 Punkte in Sport hatten seinem Abitur zu einem noch recht passablen Durchschnitt verholfen. Er war groß und schlank, mit langen Beinen und kurzgeschorenen schwarzen Haaren. Wolfgang Kienzle verkörperte in vielem das genaue Gegenteil. Mit seinen 55 Jahren gehörte er eher zum alten Eisen der Gruppe. Er war - höflich formuliert - kompakt gebaut und die Haare auf dem Kopf waren an dessen Ränder gewichen, zudem trug er einen wolfsgrauen Wochenbart.

Die Befragung von Valentin, Wolfgang und Martin brachte nicht viel zu Tage, außer dass Valentin gestern Nacht, grob geschätzt gegen 3 Uhr, einen heftigen Streit in einer provisorisch eingerichteten Kellerbar miterlebt hatte.

Ein gewisser Jonas Messmer, zum Zeitpunkt des Gesprächs nach Zeugenaussage sternhagelvoll, schrie und tobte und war fast den Tränen nahe. Sein Widersacher war ein ziemlich großer Rägemolli, ebenfalls eine Elzacher Narrengestalt und in Verhalten und Larve dem Schuttig sehr ähnlich. Jedoch war sein Häs nicht wie das des Schuttigs von strahlendem Rot und bestand auch nicht aus Filzzotteln, sondern war aus Leinen genäht. Rägemolli bedeutete ins Hochdeutsche übersetzt »Feuersalamander«. So zierten große, schwarze Punkte den Rägemolli, ähnlich der Musterung eines Salamanders. Zudem wurde in kunstvoller Handarbeit die Vorderseite mit Symbolen der Nacht verziert – Mond, Fledermaus und Eule – während auf der Rückseite eine lachende Sonne für den Tag stand, wie ich der verständnislos dreinblickenden Ann-Sophie nebenbei erklärte.

Der Streit zwischen den Narren war insofern von Interesse, da Valentin sich zu erinnern glaubte, dass der nun hier tot daliegende Schuttig, den er ja aufgrund der ihm bekannten Larve und Schuttiganzug fälschlicherweise für Narrenrat Stefan Schultis gehalten hatte, beherzt eingegriffen und die Streithähne vor ernsteren Handgreiflichkeiten bewahrt hatte. Dies war für ihn erstmal wenig verwunderlich, da sich ja die Narrenräte stets dafür einsetzten, Zunftgenossen, die über die Stränge schlugen, zurecht zu weisen – nur dass der nun im Flur liegende Schuttig ja offensichtlich gar nicht der vermutete Narrenrat war.

Hinzu kam, dass Jonas Messmer zum selben Jahrgang gehörte, wie der fehlende, wenn nicht gar flüchtige Narrenrat Stefan Schultis. Auf jeden Fall stand Jonas Messmer damit ganz oben auf der Liste der weiter zu befragenden Zeugen. Die sonstigen Aussagen gaben nämlich äußerst wenig her. Die Nachbarn hatten allesamt nichts gesehen oder gehört, außer zu unbestimmten Nachtzeiten ein dumpfes Knallen, das sie automatisch auf das

Gebummere der vom Schuttignarr getragenen Saublodere zurückgeführt hatten. An Fasnet hörte man dieses
Geräusch des Öfteren in den Elzacher Gassen.

Ich will lieber nicht Ann-Sophies Gesichtsausdruck
beschreiben, als ich ihr erklärte, was eine »Saublodere«
war. Eine Erklärung des Hagenschwanzes enthielt ich
ihr danach erst mal vor[1].

* * *

Die Identität des toten Schuttigs war geklärt und so ließ
sich das Unvermeidliche nicht länger aufschieben.

Ich hatte ja bereits erwähnt, dass es in meinem Beruf
Schöneres gab, als Leichen zu betrachten. Es gab aber
definitiv auch Schlimmeres, nämlich die Angehörigen
zu informieren und möglichst bald darauf auch noch zu
befragen, was oft pietätlos, aber notwendig war. Schließlich fand sich in den meisten Fällen der Mörder im engsten Umfeld des Opfers – meist war es sogar der eigene

---

[1] Bei Hagenschwanz und Saublodere handelt es sich um die wichtigsten
Accessoires eines jeden Schuttigs. Die mit Luft gefüllten und somit einem Luft-
ballon ähnelnden Schweinsblasen werden an einem gedörrten und gedrechsel-
ten Penis eines geschlachteten Bullen befestigt. Mit derlei Fruchtbarkeitsinsig-
nien ausgestattet kann der Narr nun sein Unwesen treiben. Die Blasen knallend
auf den Boden schlagen und jeden, der seinen Weg kreuzt und seiner Aufmerksamkeit würdig erscheint, damit foppen oder gar ein wenig verhauen – allen zur
Freud, keinem zum Leid - versteht sich.

Partner. Nur dies dem unter Schock stehenden Angehörigen indirekt zu unterstellen, war äußerst heikel. Doch zeitgleich war die Reaktion für den Ermittler ein wertvoller erster Eindruck. Die meisten Menschen waren im Extremfall bei weitem keine so brillanten Lügner und Schauspieler, wie sie von sich dachten. Auf jeden Fall nicht, wenn sie jemandem gegenübersaßen, der gelernt hatte, auf welche unbewussten körperlichen und sprachlichen Signale man zu achten hatte.

Wir machten uns also auf den Weg nach Waldkirch, wo Pietro Santoro im Haus seiner Eltern eine Eigentumswohnung bewohnte, um diesen die Nachricht vom Tod ihres Sohnes zu überbringen.

Bei unserer Fahrt durch das Elztal versuchte ich, um etwas Ablenkung bemüht, Ann-Sophie ein bisschen mehr über die Fasnetstraditionen im Tal zu erzählen, die natürlich nicht auf eine so lange Historie zurückblickten und eine so vielfältige Auslebung erfuhren, wie in Elzach, aber trotzdem durchaus ihre eigenen Reize hatten.

»Wie Sie sehen, hat jede Gemeinde ihre eigenen Fasnetsfarben.« Ich wies auf die Wimpel in rot, grün und blau, die gerade über unseren Köpfen dahinwehten. »Hier in Oberwinden heißt die Narrengestalt »Spitzbue«. Die Spitzbue sind nicht so schaurig und urtümlich wie die Schuttig, sondern eher frech und fröhlich. Und sie tragen immer einen Schirm bei sich, worum sie viele andere Narren bei schlechtem Wetter beneiden«, ergänzte ich.

Oftmals werden in den Narrenfiguren der Ortschaften alte Sagengestalten oder Berufe aufgegriffen. So treibt in Niederwinden der rot-schwarze Schindeljokel mit markanten Augenbrauen und Schnurrbart sein Unwesen, der an den Beruf des im Schwarzwald einst weitverbreiteten und mittlerweile fast ausgestorbenen Berufs des Schindelmachers, der Dachschindeln aus Holz herstellte, erinnert.

Die nachfolgenden Orte Bleibach, Gutach und Kollnau durchquerten wir zwar nicht, da diese so klug gewesen waren, die Bundesstraße nicht direkt durch die Ortschaft selbst zu führen. Als ortskundiger Experte der hiesigen Fasnet konnte ich natürlich trotzdem von den Bleibacher Silberklopfer und Leimedeyfel berichten, die auf den mittelalterlichen Bergwerksbetrieb und Abbau von Silber, sowie die im späten Mittelalter im Ort vorhandenen Ziegeleien, in denen Lehm (Leime) zu Ziegelsteinen gebrannt wurde, zurückgingen.

Auch die Gutacher Narrenfigur, der »Johlia vom Vögelestei« geht auf alte Zeiten zurück. Der Ursprung der Figur ist im 16. Jahrhundert zu finden. Der Johlia stellt einen Jägersmann dar, der unter Herrschaft der Habsburger dafür zuständig war, die damals weit verbreitete Wilderei in der Bevölkerung zu unterbinden.

In Kollnau war an Fasnet der Teufel los, genauer gesagt der Feuerteufel. Dieser verweist auf die einst ansässige Köhlerei, sowie die Erzschmelzerei und der Eisenverarbeitung im Ort. Seit einiger Zeit wird der Feuerteufel bei seinen Heimsuchungen von den Steinkrähenhexen unterstützt.

Fast hatten wir die Straße, in der die Santoros wohnten, erreicht. Auch Waldkirch war natürlich fasnächtlich geschmückt. Während in Elzach die Fasnet noch in vollem Gange war, hatten die Waldkircher bereits am Schmutzige Dunschdig mit dem Hemdglunker-Umzug den Höhepunkt erreicht, bei dem tausende traditionsgemäß in Nachthemd, Zipfelmütze und Ringelstrümpfe gekleidet mit sogenannten Klepperle aus Holz lärmend durch die Stadt zogen. Die vielen Narrengestalten der Waldkircher Zünfte, die gelb-blauen Bajasse, welche an klassische Hofnarren erinnerten, die Kandel- und Burghexen und die Wilden Männer waren mittlerweile müde geworden und so beendete man die Fasnet am Dienstag unter Wehklagen durch die »Fasnetsverbrennung« und die symbolische Rückgabe des Rathausschlüssels von den Narren in die Hände des Bürgermeisters.

Ann-Sophie schien jedoch ganz wo anders zu sein und antwortete kaum auf meine ausschweifenden Ausführungen, sondern blickte mit gedankenverlorener Miene auf die vorbeiziehenden Ortschaften.

»Das interessiert Sie nicht so besonders, gell?«

»Naja, das Ganze wirkt schon etwas befremdlich auf Außenstehende«, gab sie zu. »Auch bei uns im Schwäbischen ist die Fasnacht natürlich verbreitet, aber für mich war das immer eher so ein Kinderding. Dass das auch für Erwachsene eine so große Sache sein soll, kann ich irgendwie nicht so ganz nachvollziehen.«

»Wahrscheinlich geht's da doch nur ums Saufen«, ergänzte sie abschätzig. »Und darum, in der Anonymität der Verkleidungen mal jemand anders zu sein und richtig die Sau rauszulassen. Dinge zu tun, die man sich sonst nicht traut.«

»Ist das so schlimm?«

»Kommt drauf an. Für mich ist das auf jeden Fall nichts!«

Konnte ich mir jetzt auch schwer vorstellen, wie Ann-Sophie enthemmt auf einer Bierbank tanzte, auch wenn es sicher ein hübscher Anblick wäre.

Das wirft jetzt vielleicht ein bisschen ein schlechtes Licht auf mich, aber ich bin ganz ehrlich. Der sensible Umgang mit Trauernden oder unter Schock Stehenden... ich kann's nicht. Ich bin da wirklich schlecht drin. Ich krieg ja mit, wenn manchmal die Psychologin kommt, dass man das schon den Umständen entsprechend gut machen kann und ich sag dann auch kein Wort, wenn sie da ist, weil ich mich dabei immer so unfähig und von ihr beobachtet fühle.

Ist ja erst mal auch gut, wenn man seine Schwächen kennt. Ich hatte sogar mal bei einer internen Fortbildung unter Leitung unserer eben erwähnten Polizeipsychologin teilgenommen... es war desaströs. Das sagte sie mir auch so, ganz ohne Umschweife, direkt ins Gesicht, worüber sich Joachim vom Drogendezernat herrlich amüsiert hatte. Der saß nämlich auch da in der Runde. Wobei der ja gar nicht so viel mit Trauernden zu tun hatte, sondern vermutlich einfach nur, weil er auf die Psychologin scharf war, der alte Schürzenjäger.

Auf jeden Fall wollte ich als neuer Kollege mit höherem Dienstrang und mehr Erfahrung vor Ann-Sophie jetzt nicht gleich am ersten Tag dumm dastehen und ich dachte, ich gebe ihr mal die Chance, sich zu beweisen. Da ich aber nicht die richtigen Worte fand, um ihr das vorteilhaft beizubringen, hatte ich so lange überlegt, wie ich das am besten sage, bis wir auf dem Weg zur Haustüre waren und es halt nicht mehr anders ging.

»Wie wollen wir es machen?«, fragte ich.

»Wie meinen Sie?«

»Wer sagt es den Eltern?«

»Na, Sie sind hier doch der große Redenschwinger, der alle kennt. Bisher haben Sie mich kaum zu Wort kommen lassen. «

»Ich denke aber schon, dass Sie als Frau…«

»Na, das ist ja wieder klar!«, fauchte sie genervt und drückte auf den Klingelkopf.

Kurz darauf öffnete eine rundliche Frau mittleren Alters die Tür. Sie trug einen langen dunklen Rock, Wollpulli und hatte die schwarzen Haare zu einem festen Dutt verknotet und sah damit aus, als wäre sie einem original italienischen Kochbuch à la Mamma entsprungen.

»*Pronto?*«

Ich warf Ann-Sophie einen aufmunternden Blick zu, deren eisblaue Augen mich mit einem Blick straften, der einem das Blut in den Adern gefrieren lassen konnte. Dieser hielt aber nur den Bruchteil einer Sekunde an, bevor sie ihren Dienstausweis zückte und in professionellem Ton antwortete: »Kripo Emmendingen. Sind Sie Paola Santoro, Pietros Mutter?«

»Ja? Was gibt es denn?«

»Kommissare Wisser und Klett. Können wir kurz hereinkommen?«

Ich muss sagen, Ann-Sophie machte das wirklich gut. Also, so gut wie man es in einer derartig schrecklichen Situation eben machen konnte. Eine so sensible und einfühlsame Art hätte ich ihr gar nicht zugetraut. Das laute Wehklangen von Frau Santoro und die stillen Schluchzer von Herrn Santoro würden mich trotzdem noch lange verfolgen. Solche Situationen werden für keinen Polizisten jemals Routine.

Beide waren so aufgelöst von der Nachricht über den Tod ihres Sohnes, dass wir eine weitere Befragung auf den nächsten Tag verschoben. Immerhin konnten sie bestätigen, dass ihr Sohn Pietro mit seinem Freund Stefan verabredet war. Sie wollten zusammen einen fröhlichen Abend auf der Fasnet verbringen.

Da ihr Sohn im ausgebauten Dachgeschoss des kleinen Reihenhauses der Eltern seine Wohnung hatte, wollten wir da noch einen kurzen Blick hinwerfen. Jedoch fanden wir auf Anhieb nichts, was unsere besondere Aufmerksamkeit erregt hätte. Also sackten wir routinemäßig den Laptop und ein Tablet für die KTI-Untersuchung ein und ließen die trauernden Eltern allein. Ann-Sophie kontaktierte noch die Polizeipsychologin,

die versprach, bei den Santoros im Laufe des Tages vor-
beizuschauen.

Zurück im Auto schnauzte Ann-Sophie mich an: »Das
war wirklich richtig mies, das Ganze komplett mir zu
überlassen!« und sprach die restliche Fahrt kein Wort
mehr, nahm die Kurven aber noch selbstmörderischer
als zuvor. Ich war kurz davor gewesen, ihr zu sagen, wie
gut sie die Situation gemeistert hatte. Das behielt ich
nach diesem zickigen Ausbruch aber lieber für mich.
Selbst schuld.

* * *

Entsprechend unterkühlt war die Stimmung, als wir die
Wohnung von Jonas Messmer, unserem bislang wichtigsten Zeugen, erreicht hatten. Da bald der traditionell
am Dienstagnachmittag stattfindende letzte Schuttig-
Umzug für diese Fasnet losgehen sollte, hatten wir etwas außerhalb geparkt. Das Elzacher Zentrum war über
die ganzen Fasnetstage für den Verkehr gesperrt und
besonders während der Umzüge wurde dies auch von
der Polizei überwacht. Natürlich hätten wir einen auf
wichtigmachen und mit dem Auto ins »Städtle« hinein-
fahren können, aber das war an den Fasnetstagen wirklich keine Freude. Insbesondere wenn die Schuttig die
hübsche, junge Frau am Steuer erblickt hätten, die kurz
vor dem Umzug noch versuchte, durch die Elzacher Alt-
stadt zu gurken. So wenig Spaß wie Ann-Sophie verstand, wollte ich es da echt nicht drauf ankommen lassen. Nicht, dass am Ende irgendein Schuttig auf die

dumme Idee kam sich vor das Auto zu stellen und von ihr einfach umgespitzt wurde. Also legten wir die letzten 500m zu Fuß zurück.

Die Wohnung von Jonas Messmer lag in einem tristen, grauen Wohnblock, den nicht mal die fröhlich im Wind flatternden rot-grünen Fasnetswimpel aufhübschen konnten.

Leider blieb die Tür auch nach wiederholten Klingeln verschlossen. Es regte sich kein Mucks im Haus.

»So ein Mist! Wo steckt denn der?«

»Wahrscheinlich in irgendeiner Kneipe. Macht man doch so an der Fasnet, habe ich gelernt.«

Ich rollte mit den Augen. Aus purer Verzweiflung und Verärgerung malträtierte ich noch einmal den Klingelknopf.

Nichts.

So mussten wir unverrichteter Dinge wieder von dannen ziehen.

Als wir den Rückweg über die Hauptstraße antraten, blickte Ann-Sophie erstaunt um sich. Waren vorher nur einzelne Grüppchen von kostümierten Fasnetsbesuchern unterwegs gewesen, so hatten sich jetzt in kürzester Zeit regelrechte Menschenmassen in froher Erwartung auf den Gehwegen der Hauptstraße versammelt.

»Oh, der Umzug geht gleich los!«, rief ich erfreut und zog Ann-Sophie ungefragt an das Geschehen heran.

Schon erklangen zahlreiche Kinderstimmen: »Sie kumme, sie kumme!«

Leise konnte man bereits die Trommelschläge der Musiker erahnen, die sich mit dem Gebummere der Saublodere verbanden und zu einem stetigen Crescendo anschwollen.

Laut johlend stürmte eine Gruppe Kinder an uns vorbei, gejagt vom Schwarzen Teufel. Diese besondere Narrengestalt, ganz in schwarzen Zotteln und mit einer schaurigen, schwarzen Holzlarve sowie einer langen schwarzen Gabel mit feurig roten Spitzen ausgestattet, gab es nur einmal. Er führte die wilde Schuttigschar an. Jedes Jahr wurde einem anderen die Ehre zuteil, den Schwarzen Teufel tragen zu dürfen. Seine Identität war streng geheim, doch rankten sich stets zahlreiche Gerüchte um die Person hinter der schwarzen Teufelslarve. Und in einem Kaff wie Elzach war es wirklich schwer, etwas geheim zu halten.

Kurz darauf kamen sie auch schon, die Schuttig. Ein rotes Meer aus Zotteln, grimmigen Blicken und Schneckenhäusern, wild springend und brummelnd, die Saublodere durch die Luft schwingend und auf die ehrfurchtsvollen Zuschauer hinabsausen lassend. Es war immer wieder ein faszinierender Anblick.

Selbst Ann-Sophie beobachte das Geschehen mit großen Augen, ich meinte sogar, einen Anflug von Gefallen darin zu erkennen. Dies hielt aber nur solange an, bis die erste Saublodere in ihrem Gesicht landete.

»Igitt!« Sie schrie entsetzt auf. »Ist das widerlich! Buah, wie das stinkt!« Erbost wandte sie sich ab.

»Ich kann nicht glauben, dass mir gerade jemand mit Tiergedärm auf den Kopf gehauen hat! Ich will sofort weg von hier!«

Ihr wütender Ausbruch erntete von allen Seiten verständnislose Blicke. Mein Gott, man konnte ja auch überreagieren. Das gehörte eben dazu! Aber ich gebe zu, für eine Veganerin musste das schon ziemlich übel sein.

Mit der vor sich hin schimpfenden Ann-Sophie im Schlepptau versuchte ich mir also einen Weg durch die Zuschauermenge zu bahnen. Weit kamen wir allerdings nicht.

»Wende! Ann-Sophie!«

Martin hatte es sich etwas abseits an einer Würstchenbude gemütlich gemacht. »Schon zurück aus Waldkirch?« Seine Polizeiuniform fiel unter den ganzen Kostümierten gar nicht weiter auf.

»Diese ganze Leichengschicht het mir ziemlich uff de Mage gschlage, ich hab seither noch gar nix gesse.« Er biss unter meinem neidischen Blick herzhaft in sein Wurstbrötchen. »Aber jetzt war's Zit!«

Zu Ann-Sophie gewandt ergänzte er genüsslich schmatzend: »Des isch übrigens meine Frau«, und wies auf die Tigerdame neben sich.

»Salli, Karin. Lang nicht mehr gesehen«, grüßte ich.

»Hallo, ich bin Ann-Sophie Klett, die neue Kollegin.«, ergänzte Ann-Sophie, die sich langsam von ihrem Saublodere-Drama zu erholen schien. »Sie sind aber großartig geschminkt.«

»Mit Schminken kenn ich mich aus«, erwiderte Karin.

»So, ich hol mir dann auch mal eine Wurst.« Diesem Duft konnte ich einfach nicht widerstehen und überließ die Damen ihrem Weiberkram.

* * *

Es dämmerte bereits, als wir auf den Hof fuhren. Feine Nebelschwaden stiegen über den dunklen Tannen hinter dem Haus auf. Es war bereits empfindlich kalt geworden, aber das konnte man den letzten Februartagen nicht verdenken.

Meine Familie, die bei der heimeligen Wärme des Kachelofens beim Abendessen saß, war schon bestens über unseren Fall im Bilde.

Unsere Nachbarin Maria, überall bekannt als die »Joosenbäuerin«, saß in der Stube und erzählte gerade, wie die Fänger die Leiche entdeckt hatten.

Maria war die beste Informationsquelle vor Ort, sie wusste immer alles und zwar bevor es alle anderen wussten. Sie war quasi der zweibeinige Lokalteil der BILD-Zeitung. Aufgrund ihres berechtigten Rufs als Klatschbase und ihrem vom harten Arbeitsalltag gekrümmten Rücken und dem Glasauge, das sie trug seit ich denken kann, war sie ein echtes Unikat. Woher sie ihre Informationen bezog, war mir zumeist schleierhaft, nichtsdestotrotz zog ich daraus gelegentlich meinen Nutzen. Zudem war Maria eine gute Freundin von Oma und Opa und brachte zu ihren Besuchen stets eine Flasche Sekt mit.

»Un donn hänn sie ihm d'Larve nabzoge un, stelle euch vor, donn war des gar nit de Stefan in im Stefan sinem Schuttig! Drunter war einer von selle Waldkircher Mafia-Ithaker!«

Ja, mit der *political correctness* hatte es die ältere Generation manchmal nicht so.

Ich sah, wie Ann-Sophie schluckte, den Mund öffnete und vermutlich gerade zu einer entsprechenden Anmerkung anheben wollte, als meine Oma uns entdeckte und Ann-Sophie sofort am Arm nahm und sie auf die Eckbank drückte.

»Ja Mensch, Ann-Sophie, du bisch aber bleich. Da, nimm e Glas Sekt! So e zartes Maidli wie du, de gonze Tag Leiche untersuche, des isch doch nix!«

»Uff jeden Fall isch de Stefan sither verschwunde, gell Wendelin?« wusste Maria auch schon.

»Des mocht ihn ja schu sehr verdächtig! Und was het der mit de Mafia zschaffe?« fragte Oma Erika, aber auch dazu konnte die Joosenbäuerin natürlich schon so einiges erzählen.

»Also, ich kenn den Stefan ja schu, da war der noch e kleine Kerli. In sinere Jugend, da war er immer viel mit Biederbacher unterwegs, aber irgendwas isch do mol vorgfalle, denoch het er sich gonz zrückzoge. Er war e ganz gscheide, isch in Waldkirch uffs Gymnasium. Do het er bestimmt sellen Santoro kenneglernt, wobei s mich wundert, dass der uffm Gymnasium war. Im Dorf hesch de Stefan gar nimmi gsähne, außer an de Fasnet. Die isch ihm trotz allem immer heilig gsi. De Vater isch ja schu Narrerat gsi. Erst später ischs dann besser gworre mitm Stefan. Er het ja au e echt netti Frau mittlerwil und e kleini Tochter. Un jetzt sowas. Bestimmt isch er da in was niegrutscht. Er soll Schulden gho ho, munkelt ma. Mit dene Mafiatype isch halt nit zspaße. Die Vergangenheit holt einen immer ii«, sagte die Maria mit erhobenem Zeigefinger und bedeutungsschwangerem Blick. Beinahe wäre ihr Glasauge auf den Tisch geploppt.

»Hänn ihr denn schu e Spur vom Stefan, Wendelin?«

»Du weißt doch, dass ich dazu nichts sagen darf«, wiegelte ich ab und überlies das ältere Semester ihren Verschwörungstheorien.

Mittlerweile war es schon recht spät und mir dürstete es nach einem frischen Fasnetsbier.

»Muss das sein?«, fragte Ann-Sophie wenig begeistert. »Wir sind mitten in der Ermittlung eines Mordes, noch dazu mit einem flüchtigen Tatverdächtigen! Sie müssen morgen wieder im Vollbesitz Ihrer geistigen Fähigkeiten sein«. Immerhin sprach sie mir sowas wie geistige Fähigkeiten zu. »Heute Morgen sahen Sie nicht gerade besonders frisch aus.«

Aber ich konnte die Fasnet doch trotz allem nicht ohne ein Abschiedsbier ausklingen lassen! Auch wenn Ann-Sophie ein bisschen Recht hatte – zumindest was mein Aussehen anbelangte.

»Aber bis zur nächsten Fasnet dauerts doch wieder ein ganzes Jahr«, entgegnete ich zaghaft und wider besseres Wissen um Verständnis bemüht.

Dieses Argument zog bei meiner neuen Kollegin leider nicht, sondern brachte einen langen Monolog über

Ermittlungsarbeit im speziellen und die Pflichten und Werte von uns Gesetzeshütern im Allgemeinen mit sich.

Das wurde mir dann doch zu viel. Ich brauchte dringend mal Abstand, war ja echt ein bisschen viel für den ersten gemeinsamen Tag, und ein Bierchen im Ochsen konnte bestimmt nicht schaden. Im Gegenteil.

»Der Santoro ist morgen auch noch tot. Schultis ist heut flüchtig und bestimmt auch morgen noch. Außerdem, wo könnt ich besser an Hintergrundinfos kommen als im Ochsen, wo ja im Moment eh alle Elzacher versammelt sind.«

Das brillante Argument, mein Feierabendbier mit der Ermittlungsarbeit zu verknüpfen, war mir spontan eingefallen.

Ann-Sophie hob skeptisch die Augenbrauen. »Wenn wir dort Zeugen befragen, dann muss ich mit.«

Mist.

»Also, das halte ich für keine gute Idee, in Anbetracht dessen, wie die Jungs Sie heut Morgen am Tatort angeglotzt haben. Ich glaub, als Mann und Einheimischer bekomm ich da mehr raus! Vor Ihnen wollen Sie nur wichtigtun und erfinden am Ende noch etwas, um sich bei Ihnen interessant zu machen. Außerdem finde ich auf die Schnelle jetzt auch kein geeignetes Fasnetskostüm für Sie. Wobei… irgendwo müsste noch eine Feldwebeluniform rumliegen…«

Ann-Sophies Gesicht nahm eine ungute Farbe an. Aus der folgenden Schimpftirade konnte ich nur die Worte: »Sexist« und »Dorftrottel« erahnen, das reichte mir dann auch schon. Es ging wohl einfach nicht in ihren Dickschädel, dass man es als Außenstehender in solch delikaten Angelegenheiten schwer haben konnte, noch dazu als nicht unattraktive Frau. Wusste sie überhaupt, was an Fasnet so los war im Städtle?

* * *

Leben lag in der Luft an diesem späten Dienstagabend, ein Geschmack von Freiheit, Spaß und Hemmungslosigkeit. Trotz der eher nasskalten Witterung war die Hauptstraße im Städtle gefüllt mit größeren und kleineren Menschengrüppchen, insbesondere vor den brechend vollen Gasthäusern, aus denen die angesagtesten Partyhits in Dauerschleife schallten.

Der Fasnetsdienstag war die letzte Gelegenheit, um noch einmal so richtig die Sau rauszulassen – wenn man denn nicht bereits zu müde war – Punkt Mitternacht würde die fasnächtliche Hoch-Zeit für dieses Jahr vorbei sein. Mit dem ersten Schlag der Kirchenglocke lüfteten die dann auf dem Bärenplatz versammelten Schuttig ihre Larven und zogen mit dem Hut unter dem Arm nach Hause, wo die fasnächtlichen Utensilien im Schrank verstaut wurden und, genau wie ihre Besitzer, auf das nächste Jahr hinfiebern mussten. Denn: *noch de Fasnet, isch vor de Fasnet.*

Die letzten Stunden der Fasnet mussten genutzt werden und so gebärdete sich mancher Schuttig noch einmal besonders wild. Generell war am Dienstagabend etwas weniger los, dies tat der Party aber keinen Abbruch

– im Gegenteil. Die Touristen, die dem nachmittäglichen Schuttigumzug beigewohnt hatten, waren verschwunden und ebenso diejenigen, die der Meinung waren, man müsste auch am Aschermittwoch um 7 Uhr morgens schon wieder Höchstleistungen im Betrieb oder Büro zeigen – wem auch immer man damit imponieren wollte. Wer am Ende der wilden Tage noch dabei war, gehörte zum harten Kern. Zu denjenigen, für die ein Kater, Schlafmangel oder eine Überdosis Helene Fischer keine Ausrede war, alles was die Fasnet eben hergab, mitzunehmen.

Im Ochsen jedenfalls war mächtig was los. Zum Glück bin ich von nicht gerade kleiner Statur, sodass ich meine Kumpels über die Hexenhüte, glitzernden Perücken und tierischen Fellmützen der anderen hinweg schon von der Eingangstür ausmachen konnte. Durch ein Meer »*Cordula Grüüüüüüin*«-gröhlender Mädels schlug ich mich zum Tresen durch, wo Max und Simon schon mit einem Bier auf mich warteten.

»Salli, Wende, un wie?« Max hatte sich in seine Waldarbeitsmontur geschmissen. Ich war mir jetzt nicht sicher, ob er verkleidet war oder heute Mittag im Wald gewesen war und keine Zeit mehr gehabt hatte, sich umzuziehen. Auf jeden Fall waren die Ohrschützer keine schlechte Idee, die absorbierten im Zweifelsfall sogar die hirnlosesten Aprés-Ski-Mitgröhlsongs von irgendwelchen Alpenaffen mit Synthesizern und Alkoholproblem.

»Haja, alles gut. Bin ein wenig im Stress. Aber ein Bier muss jetzt einfach sein! Proscht!«

Kaum hatten wir angestoßen, war Simon auch schon von einem Schwarm Bunnys umringt. Keine Ahnung, wie er das immer machte. Vielleicht sollte ich mir auch mal so ein verwegenes Piratenkostüm zulegen.

Ich kannte Max und Simon schon seit Grundschulzeiten. Auch wenn wir sehr unterschiedlich waren – Max eher ruhig, besonnen und ein richtiges Arbeitstier, der den Hof seiner Eltern mit Leidenschaft bewirtschaftete. Simon hingegen ein ziemlicher Womanizer, der als Bankkaufmann am liebsten teure Anzüge spazieren führte – waren wir seither eigentlich unzertrennlich. Und ich – naja, ich bin ich. Und irgendwie, da passt es halt. Vielleicht auch weil wir alle drei noch keinen passenden Deckel gefunden und deshalb auch ohne Ausgangsbeschränkungen und Heimkehr-Deadlines unser Unwesen treiben konnten. Die neue Freundin hatte schon aus so manchem Feierbiest ein frommes Lämmlein werden lassen.

Was so gar nicht mehr passte, war die Steffi, die aus heiterem Himmel angestürmt kam und mir überschwänglich um den Hals fiel.

»So schön dich zu sehen!«, säuselte sie ganz sicher nicht mehr nüchtern. »Seit ich Schluss gemacht habe, bisch ja ziemlich abgetaucht.«

Ach, jetzt hatte SIE mit mir Schluss gemacht?! Das hatte ich irgendwie anders in Erinnerung. Im Schlepptau hatte Steffi einen schon leicht angegrauten Cowboy, der nicht unattraktiv, aber definitiv auch nicht ihr mittlerweile Verlobter Michael war, dafür aber sehr besitzergreifend seine Hand auf ihrem Hinterteil platziert hatte.

Zum Glück witterte er aufgrund Steffis stürmischer Umarmung und dem lässig an der Bar lehnenden, perfekt geschminkten Jack Sparrow in unmittelbarer Nachbarschaft Gefahr und zog Steffi bald wieder mit sich in die anonyme Masse von Feierwütigen.

»Oh Mann, des war schu immer so e Schreckschruube.« Kopfschüttelnd nahm Max einen großen Schluck Bier. »Und wege der hesch tagelang rumgheult. Sei froh, dass du die los bisch.«

War ich ja mittlerweile auch. Wir schwelgten ein bisschen in alten Erinnerungen und kamen dann natürlich auch auf die aktuellen Ereignisse zu sprechen. Aber weder Max, noch Simon, noch eines der Bunnys – bei näherem Hinschauen deutlich zu jung für Simon – konnten etwas Sinnvolles beitragen. Die vor allem auf Hörensagen basierenden Vermutungen wurden auf jeden Fall aufgrund der fortgeschrittenen Zeit und dem ebenfalls fortgeschrittenen Alkoholpegels immer abstruser.

»Wie isch die neu Kollegin denn so?«, wollte Max dann wissen.

»Naja, es ist schon anstrengend. Die kommt aus einer ganz anderen Welt scheint mir.«

»Stell dir mol vor, du fängsch irgendwo e neue Job oh, dann gibt's gli e Mord. Jeder kennt jeden, nur du kennsch niemanden. Un donn flippe au noch alle us, verkleide sich und sin betrunken.«

Meine Erzählung von Ann-Sophies Bekanntschaft mit der Saublodere heute Mittag erntete gutmütiges Gelächter, erinnerte mich aber auch wieder daran, dass morgen ordentlich Arbeit auf mich wartete. Ich verabschiedete mich mit einem – naja vielleicht waren es auch zwei – Gute-Nacht-Schnäpsen von Max und Simon und einem weiteren von Martin, der eben in einem erschreckend gut zu ihm passenden Obelixkostüm samt feuerroten Zöpfen unter dem kleinen Plastikhelm mit einer Dame aus der Steinzeit vorbeigetanzt kam. Das Kostüm war wie für ihn gemacht. Allein für diesen Anblick hatte sich der Weg in den Ochsen schon gelohnt.

Aschermittwoch

Das fahle, brüchige Laub, das noch vereinzelt an den Buchen hing und sich in viel größerer Zahl am Waldboden häufte, der Schlamm in den Fahrrinnen des Wirtschaftswegs, die feuchtkalte Luft – alles schien vom Tod zu künden, es ihm förmlich entgegenzuschreien, als er sich mit müden Schritten den steilen Weg entlang schleppte.

Er war in seinem Leben glücklicherweise noch nicht oft mit dem Sterben in Berührung gekommen, aber wenn, dann immer auf eine so radikale, einschneidende, bedrohliche und brutale Art und Weise. Und immer ohne jede Vorwarnung. Sein Leben war so gut gewesen, damals… alles schien zu laufen, wie man sich das so vorstellte im Leben – zumindest im Großen und Ganzen. So wie heute: Er hatte einen guten Job, Eigenheim, eine tolle Frau und eine süße, kleine Tochter, die er beide über alles liebte, auch wenn es schon öfters mal Streit gab. Aber das war so lächerlich in Anbetracht der Tatsache, dass er das alles jetzt zu verlieren drohte. Das alles und vielleicht sogar sein Leben. Je nach dem wer ihn zuerst hier finden würde. Die Kripo oder aber…

Schmerz und anhaltende Fassungslosigkeit verzerrten sein Gesicht. Er konnte immer noch nicht begreifen, was er gestern Nacht gesehen hatte. So etwas hätte er ihm nie zugetraut.

Endlich erblickte er vor sich die Hütte seines Opas, doch so sehr er sich nach einem Bett sehnte, schaffte er es nicht sich zu freuen.

Die Hütte im Biederbacher Wald war sicher nicht das beste Versteck auf der Welt, aber wenn Rebecca ihn nicht gleich verriet, würde es vermutlich ein paar Tage gehen, bis sie ihn hier suchen würden – oder? Würden seine Eltern jemandem, der

Fragen stellte, von der Hütte berichten? Oder gar seine Toch-
ter? Hätte er seine Frau Rebecca genauer instruieren sollen,
als er ihr auf die Mailbox gesprochen hatte? Vermutlich, aber
dafür war es jetzt zu spät. Er hatte sein Smartphone gut ver-
steckt... zum Glück war er nicht zu betrunken gewesen, ir-
gendwann wenigstens daran zu denken. Wobei er wirklich or-
dentlich einen getankt hatte! Aber der Schreck, der ihm jetzt
noch in den kalten Knochen steckte, und der ungemütliche
Nieselregen hatten ihm erstaunlich schnell wieder einen halb-
wegs kühlen Kopf verschafft. Mit zitternden Händen legte er
Schuttighut und Larve, die er nach wie vor trug, auf den
Pflock zum Holzspalten vor der Hütte und begab sich auf die
Suche nach dem Schlüssel. Er betete zu Gott – was er auch
schon länger nicht mehr getan hatte – dass er immer noch an
seinem alten Platz liegen möge.

Er war fast den ganzen Tag und die halbe Nacht durch den
Wald geirrt, erst ziellos, bis er auf die Idee gekommen war,
sich hier fürs erste auszuruhen und seine Situation zu über-
denken. Die Strapazen der unfreiwilligen Nachtwanderung
mit dem schweren Hut und nicht zuletzt das Erlebte hatten
ihn alle Kraft gekostet und er hatte ernsthafte Zweifel, ob er
noch dazu in der Lage war, die alte Tür der Hütte irgendwie
aufzubrechen, sollte er den Schlüssel nicht finden.

Seit einer Weile war ihm schwindelig und sterbens-
schlecht. Ob das die Nachwirkungen des Alkohols, der Schock
oder einfach Erschöpfung waren? Letzten Endes egal.

Letzten Endes? War er an diesem jetzt schon ganz unver-
mittelt angelangt? Flehend hob er den dritten Klotz der Holz-
beige an, und tatsächlich... Da lag der Schlüssel. Es dauerte
ewig bis er ihn mit seinen zittrigen Fingern ins Schloss bekam,

aber das war nun egal. Eigentlich war alles mittlerweile egal… er musste einfach schlafen.

Ohne sich im Halbdunkeln der Hütte groß um-zusehen, zog er das durchnässte Leinenhäs vom Leib. Es kostete ihn alle Überwindung, noch einmal in die Schuhe zu steigen und seine Larve und den Hut vom Holzpflock zu holen, die er draußen hatte liegen lassen. Aber dann war es endlich so weit. Er ließ sich nur mit Boxershorts bekleidet in das knarrende, muffige Bett fallen, zog die kratzige, aber immerhin wärmespendende Kamelhaardecke bis über beide Ohren und versuchte zu schlafen.

Aber aller Erschöpfung zum Trotz war er doch viel zu aufgedreht, um an diesem grauen Februarmorgen in einen wirklich tiefen, erholsamen Schlaf zu versinken.

* * *

»Des war geschtern Obend nit sehr höflich, dass du einfach nochmol uff d'Fasnet gonge bisch, wo du doch do e Gascht hesch«, flüsterte mir Oma Erika am nächsten Morgen vorwurfsvoll zu.

»Und noch dezu so e Hübsche«, kommentiert Opa Erwin mit einem frivolen Grinsen im Gesicht deutlich lauter.

»Boah, hört mir bloß am frühen Morgen damit auf. Sie ist nicht mein Gast! Sie ist meine Kollegin, die man mir aufgezwungen hat. Ich brauch halt auch mal meine Ruhe. Wir haben mehr als genügend Zeit miteinander

verbracht gestern und dass sie alles andere als eine un-
komplizierte Person ist, um das mal ganz höflich zu for-
mulieren, habt ihr vermutlich selbst schon festgestellt?«

»Was? Aber gar nit!«, tat Oma Erika erstaunt und
auch der Opa musste natürlich beipflichten, wie nett die
Ann-Sophie doch wäre.

»Mir hänn uns geschtern Obend super unterhalte. Die
isch gebildet und wo die schu alles war… aber ganz
herzlich und gar nit so von obe rab, obwohl sie kei Dia-
lekt schwätze konn.«

Vermutlich hatte Ann-Sophie auch nur die Hälfte von
Oma und Opas Äußerungen verstanden.

»So, bei ihr bewundert ihr, wo die schon alles war und
wenn ich mal weiter weg fahre, macht ihr immer einen
Aufstand von wegen hier wär's doch auch schön und
warum man so unnötig das Geld rauswerfen muss, um
in irgendwelche *Kongo-Länder* zu reisen.« Der Kongo begann übrigens nach hiesiger Auffassung direkt jenseits
der Alpen.

Ann-Sophie kam aus ihrem Zimmer die Treppe hinunter und, das musste man dem Opa schon lassen, sah
wirklich gar nicht so übel aus mit den vom Duschen
noch leicht feuchten Haaren.

Da sie »eigentlich morgens nichts isst« und ich keinen
Bock auf weitere peinliche Unterhaltungen mit meinen
unverständlicherweise begeisterten Großeltern hatte,
lehnten wir alle Angebote uns ein Frühstück aufzuti-
schen ab und fuhren gleich aufs Revier.

* * *

»Mein Gott, du siehst ja fertig aus«, begrüßte ich Martin, der in der Tat sehr übermüdet aussah, als er im Revier aufkreuzte.

»Deine Mutter het fertig ussgsähne, nachdem ich sie hit Morge beglückt hab«, entgegnete der nur trocken.

»Guten Morgen, Martin«, murmelte Ann-Sophie sichtlich pikiert und ich begann lieber schnell damit das kurze Morningbriefing zu eröffnen und uns einen Überblick über die aktuelle Lage zu verschaffen. Ich stand am Flipchart und moderierte das Ganze. Dabei fühle ich mich immer richtig selbstbewusst. Vielleicht hätte ich doch Unternehmensberater werden sollen. Anzüge standen mir eigentlich auch verdammt gut, muss ich hier mal anmerken – leider habe ich selten Gelegenheit, einen zu tragen.

Da meine »Ermittlungen« im Ochsen gestern Abend außer einer Intensivierung meiner Kopfschmerzen keine weiteren, brauchbaren Ergebnisse erbracht hatten, und die Untersuchungsergebnisse von KTI, SpuSi und Rechtsmedizin natürlich noch auf sich warten ließen, ging es auch nicht lange und diente im Wesentlichen dazu, uns allen das bereits Bekannte vor Augen zu führen und zu strukturieren. Manchmal reichte das aus, um bei jemandem eine wichtige, neue Erkenntnis oder Idee zu generieren. Das war heute, am Aschermittwochmorgen, erstaunlicherweise nicht der Fall. Hoffentlich konnte uns die Vernehmung der Santoros weiterbringen.

* * *

Auf unserer zweiten Fahrt nach Waldkirch vermied ich wieder ins Fasnächtliche abzuschweifen – nicht, dass es da nicht noch viele Anekdoten und Bräuche zu erläutern gegeben hätte – aber mir schien Ann-Sophies Interesse an diesem Thema mehr als erschöpft zu sein.

»Sag mal, wie hat es Sie denn ins schöne Elztal verschlagen?«, fragte ich sie deshalb und deutete mit einer ausholenden Armbewegung auf die im ersten Frühlingslicht glänzenden Wiesen, verstreut liegend Gehöfte und die dunklen Tannen, die bei Ann-Sophies Fahrttempo nur so an uns vorbeirasten.

»Wie Sie sagen, es ist ganz schön hier.«

»Aber als ambitionierte, junge Polizistin, da könnte man sich doch an ereignisreicheren Orten austoben, oder nicht?«

»Ein bisschen Ruhe ist manchmal gar nicht so schlecht«, murmelte Ann-Sophie ausweichend. »Wobei es die letzten Tage hier gar nicht so ruhig war.« Sofort war sie zurück bei unserem Fall: »Diesmal führen wir die Vernehmung aber zusammen durch!«

Herr Santoro öffnete uns wortlos die Tür und führte uns ins Wohnzimmer, das ganz im toskanischen Stil gehalten war. Während er auf Italienisch eindringlich auf seine Frau in der angrenzenden Küche einredete, die dort augenscheinlich noch zu Gange war, schweifte mein Blick über die ockerfarbene Raupputzwand. Ein großer, gerahmter Kunstdruck über dem ebenhölzernen

Esstisch zeigte eine stimmungsvolle, von Zypressen gesäumte Allee im Abendlicht. Auch hier stand im Eck, gleich neben dem Esstisch, eine kunstvoll geschnitzte Madonna und erinnerte mich an den Herrgottswinkel in der Stube meiner Großeltern.

Schließlich hatte der Hausherr es wohl geschafft, seine Gattin aus der Küche zu bewegen und bot uns einen Platz am Tisch an.

Frau Santoro stellte uns mit verweintem Gesicht eine Kanne Kaffee bereit und wir setzten uns. Mein Polsterstuhl war bereits ziemlich durchgesessen und ich fand einfach keine längerfristig bequeme Position.

»Herr und Frau Santoro, wir tun alles dafür, um den Mord an Ihrem Sohn aufzuklären. Bitte erzählen Sie uns doch, was Sie wissen und für wichtig erachten. Für uns kann alles hilfreich sein. Waren Stefan und Pietro schon lange befreundet?«

Beim Aussprechen des Namens ihres Sohnes ging ein kaum merkliches Zucken durch Frau Santoros zerfurchtes Gesicht, das seit gestern um Jahre gealtert zu sein schien. Ich befürchtete schon, sie würde gleich anfangen hemmungslos loszuheulen, aber sie hatte sich im Griff.

Und so begann Paola Santoro mit stockender Stimme zu erzählen, wie sich ihr Sohn und Stefan auf dem Gymnasium kennengelernt hatten und seither gut befreundet waren. Ab und an waren sie an den Wochenenden zusammen unterwegs. Gerade an der Fasnet versuchte Stefan seinen italienischen Kumpel immer wieder nach Elzach zu locken.

»Einmal in Lebe müsse Schuttig machen, er immer sagen!«, sagte sie in gebrochenem Deutsch, eine Träne im Augenwinkel.

Nachdem Pietro am Montag und auch am Dienstagmorgen nicht nach Hause kam, hatten sich seine Eltern keine Sorgen gemacht. Dass es zur Fasnetszeit im beschaulichen Elztal wilder zuging als sonst und oft die ganze Nacht durchgefeiert wurde, hatten die Santoros, die in den 80er-Jahren nach Waldkirch gekommen waren, schon bald begriffen – erstaunt über die Feierwut und Ausgelassenheit, die sie den sonst oft schwermütigen und ruhigen Schwarzwäldern gar nicht zugetraut hätten.

Der Schluss lag nahe, dass Stefan Schultis Pietro seine Schuttigmontur ausgeliehen hatte, damit dieser einmal am eigenen Leib erfahren konnte, wie sich die Elzacher Fasnet anfühlte, wenn man wirklich mittendrin war. Doch was war das Motiv für seine Ermordung?

»Ist zwischen Stefan und Pietro etwas vorgefallen?«, fragte Ann-Sophie Frau Santoro. Davon wisse sie nichts, erwiderte diese, auch wenn es ab und an immer mal wieder Meinungsverschiedenheiten gegeben hatte.

»Mein Sohn hat Temperament.« Ein lauter Schluchzer entfuhr ihr.

Behutsam versuchte ich das Gespräch in Richtung mafiöse Verstrickungen zu lenken.

»Wir wissen, dass Ihr Bruder, seine Söhne und mehrere andere Familienmitglieder immer wieder Probleme mit der Polizei hatten. Rauschgifthandel, Schutzgeld…«

»Wir nix Mafia!«, meldet sich Herr Santoro zum ersten Mal, dafür aber umso lautstarker, zu Wort. »Alle Italiener immer Mafia, oder was?!« Entrüstet schlug er die Faust auf den Tisch.

»*Tranquillamente, mio caro*«, versuchte seine Frau ihn zu beruhigen.

»Mafia, Mafia! Mio Bruder vielleicht Mafia, wir nicht!« Herr Santoro stand auf und begann wütend durch das Zimmer zu tigern.

Irgendwie war ich geneigt ihm zu glauben.

»Finden Sie heraus, wer unseren Sohn getötet hat! Nix Mafia!« wiederholte er.

»Wollen Sie noch einen Kaffee? Oder Espresso?«, fragte Frau Santoro um Beschwichtigung bemüht.

»Danke, nein.«

»Mehr können wir Ihnen nicht sagen. Pietro so ein lieber Junge, manchmal ein bisschen *impulsivamente*, aber so ein guter Sohn.« Nun bahnten sich die Tränen doch ihren Weg.

Mein Gefühl sagte mir, dass wir über das Opfer Pietro Santoro nicht weiterkommen würden. Für die Lösung des Falls war es immens wichtig, Stefan Schultis endlich ausfindig zu machen. Zum Glück war seine Frau aus dem Skiurlaub zurückgekehrt, sodass wir uns sie gleich als Nächstes vornehmen konnten.

Doch der Besuch des italienischen Haushaltes hatte bei mir Gelüste auf Pizza geweckt, sodass ein kurzer Abstecher bei meinem Waldkircher Lieblingsitaliener unumgänglich war. Unter Ann-Sophies angeekeltem Blick verschlang ich meine vor Fett triefende, aber trotzdem - oder vielleicht gerade deshalb - göttliche Pizza *Quattro Formagi* - die einzige Pizzavariante, die mir auch ohne Fleischbelag schmeckte – während sie auf ihrem 100% veganen Pizzabrot herumkaute.

»Immerhin ohne Fleisch«, murmelte sie.

»Na, es ist ja schließlich Aschermittwoch. Und in der Fastenzeit, da muss man sich halt etwas zurücknehmen«, erwiderte ich.

»Ob da so eine 1.000 Kalorien-Käsepizza im Sinne des Erfinders ist, wage ich zu bezweifeln.« Na, von so einer Fastenfetischistin ließ ich mir den Appetit auf jeden Fall nicht verderben. Diese Pizza war es fast schon wert, dafür in der Hölle zu schmoren.

* * *

»Kommen Sie rein!« Rebecca Schultis öffnete die Tür. »Aber bitte gehen Sie schnell durch. Ihr Tatortreiniger hat zwar wirklich gut sauber gemacht, aber allein der Gedanke, dass hier im Flur…« Sie schluckte.

Die Küche der Familie Schultis sah noch genauso aus, wie wir sie am Dienstag verlassen hatten.

»Wir sind gestern erst am späten Abend angekommen«, sagte Frau Schultis, die meinen Blick bemerkt zu haben schien.

»Frau Schultis, Sie wissen Bescheid, was hier passiert ist?«

»Ja, Martin Dörrsam hat mich bereits informiert. Ich... ich kann das alles nicht glauben. Es ist so furchtbar in dieses Haus zurückzukehren.« Ihr Blick wanderte instinktiv zur kaputten Fensterscheibe, die notdürftig mit Pappe ausgekleidet worden war. »Es fühlt sich anders an... leer. Ich fühle mich nicht mehr sicher hier. Und es waren ganz bestimmt keine Einbrecher?«

»Definitiv. Wie Ihnen Martin sicherlich berichtet hat, hätte Ihr Mann der diesjährige Latschari werden sollen.«

»Wann haben Sie denn das letzte Mal etwas von Ihrem Mann gehört?«, fragte Ann-Sophie.

»Wir haben am Samstagnachmittag telefoniert.«

»Das war das letzte Mal?«

»Ja!« Rebecca Schultis begann unruhig an ihrem Ehering herumzuspielen. »Stefan ist als Narrenrat über die Fasnet natürlich sehr eingespannt. Da bleibt nicht viel Zeit für Whatsapp oder Telefon. Ist ja auch okay, ich akzeptiere das. Aber ich mache mir nicht viel aus diesem Fasnetstheater und fahre dann lieber mit meiner Tochter und meiner Schwester Skifahren. Das machen wir schon seit Jahren so.«

»Und Sie haben keine Ahnung, wo Ihr Mann stecken könnte und warum er weg ist?«, hakte Ann-Sophie nach.

»Nein! Und ich mache mir so langsam wirklich große Sorgen! Es ist so schrecklich, was mit Pietro passiert ist. Und jetzt Stefan..., wenn ihm auch etwas passiert ist?« Verzweifelt vergrub Frau Schultis ihr Gesicht in den Händen. »Marie fragt schon die ganze Zeit, wo ihr Papa ist. Sie war die ganze Nacht bei mir im Bett und hat trotzdem kein Auge zugemacht. Bei jedem kleinen Geräusch hat sie panisch geschrien und die halbe Nacht geheult, weil sie will, dass Papa zurückkommt, und ich weiß so langsam nicht mehr, was ich ihr sagen soll. Dabei weiß sie noch nicht mal was von dem Mord. Wenn sie irgendwie mitkriegt, was hier geschehen ist«, Frau Schultis deutete scheu Richtung Hausgang, »Das macht sie so schon alles total fertig … und mich auch! Ich versuche möglichst gar nicht mehr in den Flur zu gehen und wenn dann ganz schnell an der Stelle vorbei zu huschen.« Sie schnappte nach diesem hektischen Redeschwall nach Luft wie eine Ertrinkende.

»Keine Sorge, Frau Schultis, wir finden Ihren Mann. Ganz bestimmt. Aber dafür müssen wir so viel wie möglich wissen. Können Sie sich vorstellen, dass Ihr Mann etwas mit Pietro Santoros Tod zu tun haben könnte?«, fragte ich.

»Auf gar keinen Fall!«, empörte sie sich. »Pietro war Stefans Freund! Stefan kann keiner Fliege was zuleide tun. Er ist der beste Ehemann und Vater, den man sich nur wünschen kann. Er ist so ein gutmütiger Mensch, da können Sie alle fragen, die ihn kennen!«

»Mama, warum schreist du so?«, war da plötzlich eine Kinderstimme aus dem Obergeschoss zu vernehmen. »Kommst du und hilfst mir, ein Bild für Papa zu malen? Als Geschenk, wenn er wieder da ist.«

»Natürlich, mein Schatz! Ich denke, wir sind hier fertig, oder?«, ergänzte Frau Schultis an uns gewandt. «Ich weiß wirklich nicht, wie ich Ihnen weiterhelfen könnte. Ich habe keine Ahnung, warum das hier passiert ist.«

»Informieren Sie uns sofort, wenn Sie etwas von Ihrem Mann hören. Das ist keine Bitte!«, sagte ich nachdrücklich. »Auf Wiedersehen.«

»Sie hat gelogen, als sie sagte, sie hätte seit Samstag nichts mehr von ihrem Mann gehört«, wandte ich mich sofort an Ann-Sophie, als wir den Gartenweg zurück zum Auto gingen. »Obwohl ich wirklich den Eindruck habe, dass sie nichts Genaues weiß. Sie scheint sich echte Sorgen zu machen. So wie ich Stefan Schultis kenne, kann ich mir auch wirklich nicht vorstellen, dass er jemanden umbringen könnte. Aber der Schein kann natürlich trügen.«

»Das denke ich auch. Selbst Ehefrauen wissen nicht immer, was in ihren Männern vorgeht«, pflichtete mir Ann-Sophie bei. «Und manchmal weiß man dann auch nicht mehr, was man wirklich glauben soll und kann …«

Das war mal ein ganz neues Gefühl, eine Äußerung meinerseits durch Ann-Sophie bestätigt zu bekommen. Allerdings fragte ich mich auch, woher sie über dieses eheliche Insiderwissen verfügte.

* * *

Der zweite Besuch bei Jonas Messmer verlief glücklicherweise erfolgreicher. Das ersparte uns zum Glück eine offizielle Vorladung, die auch nur wieder unnötig Zeit gekostet hätte.

Nach dem dritten Klingeln öffnete sich langsam die Haustür. Ein fahles Gesicht mit markanter Hakennase und etwas eingefallenen Wangenknochen kam dahinter zum Vorschein und blickte uns aus müden, verquollenen Augen an.

»Hallo Herr Messmer. Mein Name ist Wisser von der Kripo. Wir kommen wegen der Geschichte mit dem Schultis Stefan. Sie wissen, worum es geht, nehme ich an?«

»Ja … äh, klar. Kommt rein«, erwiderte Messmer mit unsicherer, kratziger Stimme. Wir folgten ihm in einen schmalen, düsteren Flur an dessen Ende eine geschlossene, mit einem alten Trockenblumenkranz behängte Wohnungstür nach links abging. Ihr gegenüber führte eine noch schmalere, steile Treppe nach oben. Außer einer Garderobe gab es keine weiteren Möbelstücke im Flur. Für mehr wäre aber auch gar kein Platz gewesen, was nicht nur an der Enge des Gangs, sondern auch an den zahlreichen Schuhen lag, die im Halbdunkel den Weg säumten. Wir bahnten uns einen Weg durch die Treter und stiegen dann die Treppe hinauf. Ich hatte oben eine weitere Wohnungstür erwartet, aber Messmers Wohnung im Obergeschoss war offensichtlich nicht durch eine solche abgegrenzt. Offensichtlich vertraute man sich in der kleinen Mietshausgemeinschaft. Auch in Messmers Wohnung durschritten wir erst mal einen Flur, in dem wir uns an ein paar Bierkästen vorbeizwängen mussten.

»Das ist Ann-Sophie Klett, meine Kollegin«, stellte ich meine Begleitung Jonas Messmer ins Wohnzimmer folgend vor.

Diese war gerade damit beschäftigt, naserümpfend über einen Pizzakarton zu steigen. Ein unappetitliches Duftgemisch aus Zigarettenqualm, abgestandenem Bier und Männerschweiß lag in der Luft. Es war ja nichts Ungewöhnliches daran, dass am Aschermittwoch noch nicht top aufgeräumt war und die ein oder andere Bier- oder Schnapsflasche herumstand, hatte man doch oft über die närrischen Tage Freunde zum Vorglühen zu Besuch, bevor man sich dann in das Getümmel stürzte. Das konstant verbreitete Chaos und der Dreck in allen Ecken dieser Wohnung legten aber den Eindruck nahe, dass es hier nicht erst seit gestern so aussah. Nach meinem Kenntnisstand war Messmer verheiratet, von einer weiblichen Hand war in der Wohnung jedoch nichts zu spüren. Die weißen Wände waren frei von Gemälden, einzig ein Plakat, das für ein Narrentreffen des Viererbunds in Rottweil warb, hing an einer weiteren Tür, die vermutlich ins Bad oder Schlafzimmer führen musste. Die aus verschiedensten Jahrzehnten stammenden Möbel wirkten bunt zusammengewürfelt. In einem großen Regal, welches zusammen mit dem muffigen dunkelblauen Ecksofa die Hälfte der gegenüberliegenden Wand einnahm, fand sich kein einziges Deko-Element, geschweige denn irgendwelche Zimmerpflanzen.

»Sie leben allein?« Es war mehr eine Feststellung als eine Frage.

»Ja«, antwortete Messmer einsilbig, während er mehrere Zeitschriften und Papiere von der Couch räumte und in ein Fach des Low Boards stopfte, auf dem ein großer Flachbild-TV thronte, der mit Sicherheit das mit Abstand teuerste Stück der Wohnzimmereinrichtung darstellte.

»Tut mir leid, dass es hier gerade etwas unordentlich ist. Ich hab nicht mit Besuch gerechnet. Setzt euch doch bitte hin.« Messmer deutete mit einer einladenden Armbewegung auf die nun freigeräumte Couch.

Ich nahm Platz, Messmer selbst machte es sich mir gegenüber in einem braunen Ledersessel aus den 60ern bequem, Ann-Sophie bevorzugte es offensichtlich stehen zu bleiben.

»Bitte entschuldigen Sie die etwas private Frage, aber ich hab gedacht, Sie wären verheiratet?« Als Antwort verzog Messmer das Gesicht. Offensichtlich hatte ich gerade einen wunden Punkt getroffen.

»Offiziell bin ich das auch noch, aber… ihr seht's ja selbst. Es läuft gerade richtig scheiße. Schon länger. Seit Oktober wohn ich jetzt hier. Allein. Meine Frau und mein Sohn, die wohnen weiter in unserer Wohnung in Yach.«

Dass Jonas Messmer die Wohnung seiner Frau weiter als »unsere Wohnung« bezeichnete interpretierte ich so, dass es wohl nicht sein Wunsch gewesen war, das gemeinsame Heim zu verlassen. Seine Beziehungsprobleme gingen mich ja nun aber eigentlich nichts an und es war offensichtlich, dass der arme Kerl kein Interesse daran hatte, das Thema weiter zu vertiefen. Daher beschloss ich, ihn nicht weiter zu quälen und direkt zum Grund unseres Besuchs zu kommen.

»Also, Herr Messmer, wir sind wegen der Auseinandersetzung von Montagabend im Löwenkeller da«, erläuterte ich. Messmers Blick klärte sich sofort und verfinsterte sich darauf umso mehr. Die Stirn über seiner langen Nase zog sich zusammen. Ihm war wohl klar geworden, dass der Besuch der Polizei selten etwas Angenehmes war und schaltete auf Abwehrhaltung, in dem er seine Arme vor der Brust verschränkte und sich in seinem Sessel ganz nach hinten lehnte.

»Na, so eine Schlägerei gibt es halt mal«, wehrte er ab.

»Einfach so, ohne Anlass?«

»Ja Gott, ich geb's zu. Ich war etwas betrunken – ziemlich sogar. Aber das ist an der Fasnet ja wohl kein Verbrechen.«

Ann-Sophies Gesichtsausdruck nach eventuell schon.

»So'n scheiß Schuttig ist einfach auf mich losgegangen, obwohl ich grad am Trinken war.«

»Sie wurden einfach ohne Grund angegriffen? Oder wurden Sie provoziert?«

»Wie g'sagt, der ist einfach auf mich los. War wahrscheinlich selber voll, Sie wissen ja wie das als isch.« Messmer schaute mich Verständnis heischend an. Doch ich setzte mein ausdruckslosestes Pokerface auf und Ann-Sophie fragte unbeeindruckt weiter:

»Und Sie wussten nicht, wer unter diesem Kostüm steckte?«

»Nein.«

»Also, Herr Messmer, das können Sie mir jetzt nicht weismachen, dass Sie Ihren Freund Stefan nicht erkannt haben, selbst wenn er einen Schuttig trägt, so lange wie Sie sich schon kennen,« griff ich in die Befragung ein.

»Und wenn schon?«

»Ich glaube, Ihnen ist der Ernst der Lage nicht bewusst!«

»Okay«, gab Jonas Messmer endlich zu, »Stefan und ich hatten Streit. Pietro ist dazwischen gegangen. Sowas kommt vor. Warum müssen wir daraus jetzt so ein Drama machen?«

»Nun ja, Pietro ist tot und Stefan flüchtig.«

Ann-Sophies Kopf zuckte spontan in meine Richtung. Ihr Seitenblick sowie ihre gerunzelte Stirn verrieten mir, dass ich für ihr Empfinden wohl zu viele Interna an den Zeugen weitergegen hatte. Mein Gott! Stand so vielleicht nicht im Lehrbuch, aber als ob das nicht schon das halbe Städtle wusste! Da kam es auf den Messmer jetzt auch nicht mehr an. Ich war eigentlich davon ausgegangen, dass der auch längst informiert war. Da lag ich wohl falsch. Er schien über diese Information ernstlich verblüfft zu sein und starrte mich mit weitaufgerissenen Augen an wie ein Bulldozer.

»Was ist passiert?« Seine Hand zitterte, als er nach einer Bierflasche griff und einen tiefen Schluck nahm. Langsam schien ihm der Ernst der Lage klar zu werden. »Aber damit habe ich nichts zu tun! Ich dachte, es geht um die Schlägerei? Wir haben gestritten, aber ich schwöre, das hat auf keinen Fall ... Pietro ist tot? Ich bring doch keinen um.«

»Dann können Sie uns doch sagen, um was es bei der Schlägerei ging?«

»Ne, dazu sag ich nichts! Das geht euch nichts an!«, wiegelte er vehement ab und ergänzte dann: »Es hatte definitiv nichts mit eurem Mordopfer zu tun.« Und dabei blieb es auch.

Trotz mehrfachen Nachfragens, egal ob auf die nette Tour oder drohend, es waren keine weiteren Informationen aus Jonas Messmer herauszubekommen. Er saß da wie ein trotziges Kind, das ums Verrecken keinen Spinat mehr essen wollte und presste die Lippen fest aufeinander. Die Arme hatte er abwehrend vor der Brust verschränkt. Bevor er sich noch einen Knoten auf die Zunge machte, beschlossen wir das Ganze abzubrechen und machten Feierabend.

* * *

Nach einem anstrengenden Tag hatte ich oft das Bedürfnis, meine Gedanken an einem ruhigen Platz zu ordnen und das Gesehene und Gehörte Revue passieren zu lassen. Oft stolperte ich dann über Dinge, die mir zuerst gar nicht aufgefallen waren.

Der beste Ort zum Nachdenken war das »Bänkle«. Man erreichte es nach einem kurzen Spaziergang über unsere Felder. Von dort hatte man einen wunderschönen Blick auf die unterhalb liegende Ortschaft, sowie die umliegenden Wiesen, Felder und bewaldeten Bergrücken. Das in Elzach noch recht schmale Tal wurde hier bereits deutlich breiter. In der Ferne konnte man im Dunst die Silhouette von Freiburg erahnen und bei gutem Wetter sogar die Ausläufer des Tunibergs sehen.

Die Holzbank stand unter einem großen, alten Kirschbaum, der trotz seines hohen Alters immer noch jedes Jahr reichlich Früchte trug. Besonders schön war es dort zu sitzen, wenn der Baum in voller Blüte stand, ein frühlingshaft süßlicher Duft von den zartrosa Blüten aufstieg und die Luft vom Surren der Bienen erfüllt war. Unter ebendiesem Kirschbaum hatte bereits mein Opa in jungen Jahren Mittagspause während der Feldarbeit gemacht. Oft fragte ich mich, was dieser Baum wohl alles erzählen könnte, wenn er unserer Sprache mächtig wäre.

Das Bänkle kam gerade in Sichtweite, als ich bemerkte, dass es bereits belegt war. Ann-Sophie hatte diesen schönen Platz wohl auch schon entdeckt. Kurz dachte ich an Rückzug, aber da sie mich wahrscheinlich bereits gesehen hatte, hätte das reichlich dämlich ausgesehen.

»Na, genießen Sie den schönen Ausblick?«, fragte ich betont leutselig, als ich das Bänkle erreichte. »Hier kann man's aushalten, gell?«

»Ja, wirklich nett hier«, erwiderte Ann-Sophie und wischte sich mit dem Handrücken über die Wange.

Oh nein, hatte sie etwa geweint? In meinem Gehirn schrillten sämtliche Alarmglocken. Wenn ich mit etwas gar nicht umgehen konnte, dann waren es weinende Frauen. Selbst wenn ich ausnahmsweise mal nicht der Grund für die Tränen zu sein schien. Hoffte ich zumindest – wer weiß schon, was in den Frauen vorgeht. Unbeholfen setzte ich mich neben Ann-Sophie auf die Bank.

»Geht's Ihnen gut?«

»Ja natürlich.«

Es schien ihr unangenehm zu sein, in einem schwachen Moment von mir entdeckt worden zu sein.

»Es geht in meinem Leben gerade alles etwas drunter und drüber.« Sie straffte ihre Schultern. »Aber es ist wirklich toll, dass ich vorübergehend hier wohnen kann. Ihre Familie ist wirklich sehr lieb. Ich … fühle mich wohl hier.«

»Das freut mich. Und mit dem neuen Kollegen haben Sie auch einen echten Glücksgriff getätigt, gell?«, fragte ich halb ironisch.

Ann-Sophie warf wir meinen kurzen Seitenblick zu. »Es läuft hier alles schon etwas anders, als ich es gewohnt bin. Aber ich versuche mich anzupassen.« Sie stand auf. »So ich geh dann mal zurück. Ich brauche dringend etwas zum Abendessen.«

Ich blieb noch ein wenig sitzen, um Ann-Sophie nicht direkt hintendrein zu tapsen, und ihr ein wenig von der Einsamkeit und Ruhe zu gönnen, die ich ihr gerade ungewollt geraubt hatte. So ließ ich meinen Blick übers Elztal und meine Gedanken durch den heutigen Tag wandern.

»Wendelin, Wendelin! Wo bisch denn du?« Ruhe zu finden war hier wirklich manchmal schwer!

»Mensch, Kerli!« Sichtlich nach Luft ringend kam meine Mutter herangeeilt. »Du mussch doch die Oma in'd Kirch fahre! Papa un ich müsse doch glei los zu dem Vortrag über Auszeit im Alltag.«

Auszeit vom Alltag – das hätte ich eigentlich auch mal wieder gerne. Aber vorher musste ich wohl als Oma-Taxi herhalten. Das war halt der große Nachteil der idyllischen, Schwarzwälder Wohnlage – selten konnte man zu Fuß gehen. Vor allem, wenn man fast 90 Jahre alt war.

»Die Oma isch bestimmt schu vorglaufe«, mutmaßte meine Mutter.

»Aber der Gottesdienst fängt doch erst um halb 7 an, das ist doch fast noch ne halbe Stunde.«

»Kennsch sie ja«, kommentierte meine Mutter trocken.

In der Tat war meine Oma immer überpünktlich gerichtet zur Abfahrt, erst recht, wenn es um den heiligen Kirchengang ging. Sicherheitshalber eilte sie dann gerne schon mal voraus, in einem Tempo, das so manche Zwanzigjährige erblassen ließe – nicht auszudenken, wenn man vor versammelter Gemeinde zu spät zum Gottesdienst erscheinen würde.

Nachdem ich Oma wohlbehalten im Aschermittwochsgottesdienst abgeliefert hatte, nicht ohne mir die ganze Autofahrt anhören zu müssen, wie nett doch die Ann-Sophie war (»*Sie het mir vorher sogar was vun de Bäckerei mitbrocht, weißsch, so e Ding mit Streusel un Pudding. E Mark siebzig koschtet des! Dinere Mutter isch sowas ja immer z' teuer. Ischs ja au. Früher hesch sowas noch für vierzig Pfennig griegt!*«) und warum ich nicht mal so eine mit nach Hause brächte (»*Nit so eini wie d' Steffi. Selli war doch so e Bese gsi.*«), setzte ich mich an den Schreibtisch, um nun wirklich in Ruhe unseren Fall noch einmal zu rekapitulieren. Mich zu konzentrieren fiel mir an diesem Abend ungewohnt schwer. Kein Wunder, war doch viel passiert in den letzten Tagen und die Fasnet steckte mir immer noch in den Knochen.

»Wendelin! Besuch für dich!« Ich eilte hinab zur Haustüre. Draußen stand Stefan Schultis. Was wollte der denn hier?! Überrascht sagte ich: »Herr Schultis! Was machen Sie denn hier?«

»Ich möchte Ihnen etwas zeigen.«

Ich folgte ihm völlig überrumpelt die dunkle Hofauffahrt entlang. Dann bog er in einen kleinen Waldweg ab.

»Nicht so schnell, bitte warten Sie!« Es war mittlerweile dunkelste Nacht und ich konnte kaum drei Meter weit sehen. Plötzlich sah ich den flackernden Schein von zahlreichen Fackeln. Ehe ich mich versah, war ich inmitten der Feuer, wild tanzten sie um mich herum. Für einen Sekundenbruchteil glaubte ich, in die toten Augen eines Bären zu blicken, doch die stroboskopischen Lichtblitze der Fackeln wurden immer schneller. War da nicht ein Fuchs, der seine Zähne fletschte? Was war hier los?

Der urtümliche Reigen wurde immer wilder und der Kreis um mich immer enger und enger. Ich spürte die Hitze der Fackeln in meinem Gesicht. Und auf einmal war er direkt vor mir und grinste mich hämisch an – der schwarze Teufel. Wie von einer unsichtbaren Hand wurde ich zu Boden gestoßen. Panisch versuchte ich zu schreien. Aber ich bekam keine Luft. Langsam schwanden mir die Sinne, um mich herum wurde alles immer schwärzer.

»Wendelin?«

Ann-Sophie? Was machte sie hier? Ich wollte ihr zurufen, doch es gelang mir nicht. Hilflos zitternd lag ich auf dem kalten Waldboden.

Da war Ann-Sophie auf einmal über mir.

»Ann-Sophie, bitte hilf mir.«

»Schsch, alles wird gut.« Sanft umarmte sie mich. Ich sog den Geruch ihrer Haare auf, den Geruch ihrer Haut, zart duftend nach Rosen und einem Hauch Vanille. Mit großen Augen blickte sie mich an. Ich zog sie näher an mich, ihre Lippen schimmerten verheißungsvoll.

»Wendelin, ich…«

Ich wollte sie küssen, jetzt sofort, und nie mehr damit aufhören – das Verlangen danach raubte mir jeden Verstand. Wieder zog ich sie näher heran und verlor mich in ihren Augen. Doch plötzlich verschwammen ihre Gesichtszüge, ihre Augen wurden zu leblosen Löchern, die mich aufsogen, das Gesicht nur mehr eine geisterhafte Fratze, mit fahlen, wächsernen Wangen. Die Gesichtszüge wurden immer deutlicher – da erkannte ich es. Es war das Totengfriss, das Antlitz des Todes, boshaft grinsend. Es riss den Mund auf und versuchte mich zu verschlingen. Ich taumelte und dann fiel ich und fiel…

Schweißnass fuhr ich hoch. Im ersten Moment völlig orientierungslos, blickte ich um mich und erkannte erst

nach und nach die vertraute Umgebung meines Arbeits-
zimmers. Erleichtert ließ ich meinen Kopf auf die kühle
Schreibtischplatte zurücksinken. Es war definitiv Zeit
fürs Bett.

Donnerstag

»Wo ist Ann-Sophie?«, fragte ich, als ich am nächsten Morgen noch mitgenommen und ganz durcheinander von meinem Traum in die Küche kam und mir ein Honigbrot schnappte, das Opa Erwin beim Frühstück übriggelassen hatte. »Wir müssen zur Besprechung aufs Revier.«

»Die isch im Garte und mocht so komische Verrenkunge. Sieht nit grad gsund us, wenn du mich frogsch«, meinte Opa, der mit seinem Fernglas bewaffnet am Fenster wachte.

»Des nennt ma *Yoga*. Hob ich in de Apothekenumschau glese«, mischte sich Oma Erika altklug ein. »Des mocht ma, um die innere Mitte zu finden«, zitierte sie aus dem Gedächtnis.

»Ladsch fünf Wage Hei ab, donn findsch dinni *innere Mitte* schu«, grummelte Opa.

Tatsächlich hatte sich Ann-Sophie auf einer Matte im nach der Regennacht bereits recht frühlingshaft warmen Morgenlicht ordentlich verknotet und schien tief in Gedanken versunken. Ich musste gestehen, das hatte was. Also, wie sie jetzt da so gelenkig rumlag, die Füße neben den Ohren, in ihrem knappen Yoga-Outfit. Die goldenen Strahlen der tief stehenden Sonne, die ihrer von klitzekleinen Schweißperlen überzogenen Haut einen warmen Glanz verliehen… was zum Teufel war eigentlich mit mir los?! Wahrscheinlich würde ich krank werden. Nichts Ungewöhnliches nach der Fasnet. Kopfschüttelnd wand ich mich ab. Es half ja alles nichts. Ich musste mich zusammenreißen. Schließlich galt es einen Mord aufzuklären.

»Un, wie läufts mit der Neuen? Macht e ziemlich gute Figur, gell?« Martin grinste zweideutig.

Warum fragten mich eigentlich immer alle nach Ann-Sophie?

»Wenn sie die Klappe hält, gehts«, erwiderte ich betont machohaft.

»Isch des bei Fraue nit immer so?« Martin lachte dröhnend. »Nein, im Ernscht. Die isch ja echt penibel. Hab ebe gsähne, dass sie mir heut Nacht um kurz vor eins noch e Mail gschickt het, in der genaueschtens erläutert isch, wie ich meinen Bericht über das Auffinden der Leiche geschtern zu verfasse hab. Normalerweis isch mein Bericht nit emol halb so lang wie ihre Erläuterung dazu. Und des war bisher immer recht so. Man kanns ja au wirklich übertriebe!«

So viel zum Thema Anpassung an unsere Arbeitsweise… Ich hatte trotzdem das Gefühl, Ann-Sophie und ihre Korrektheit in Schutz nehmen zu müssen. »Vorschrift ist Vorschrift. Die Zeiten ändern sich halt. Alles wird immer genauer ausgelegt. Da sind wir hier auf dem Land manchmal noch nicht so *up to date*.«

»Ganz meine Worte!«, sagte Ann-Sophie trocken, die gerade mit einer Kanne Kaffee in den Raum kam. »Aber genug gequatscht. Was steht heute an?«

Ich hoffte innigst, dass sie nur den Schluss unseres Männergesprächs mitbekommen hatte. Ich mochte Martin ja, trotz, aber vielleicht auch ein bisschen wegen seiner unkonventionellen, machohaften Art, die schon das ein oder andere Mal zu Problemen geführt hatte. Er scherte sich relativ wenig um *political correctness* und war ziemlich cholerisch. Aber er war auch ein echtes Elzacher Urvieh, immer nah dran an den Leuten, stets loyal und hatte das Herz am rechten Fleck. Manchmal war der Fleck vielleicht etwas zu weit rechts. Trotz allem war er ein sehr guter Polizist. Doch die Einstellungen und Werte von Ann-Sophie und Martin schienen nach meiner bisherigen Erfahrung eher diametral auseinanderzuliegen und ich hatte keine Lust, dass die beiden sich auch noch richtig in die Haare bekamen. Es genügte, dass Ann-Sophie mit mir so ihre Probleme hatte.

Um heute für etwas mehr kollegiale Mitbestimmung und Harmonie zu sorgen, versuchte ich das Briefing möglichst offen zu gestalten und nicht einfach vorzugeben, was zu tun war. Die Sache war sowieso relativ klar und entwickelte sich auch ohne meine Vorgaben wie erwartet. Um neue Erkenntnisse zu gewinnen, stand ein Besuch bei den Leichensezierern, die neben dem Freiburger St. Josefs-Krankenhaus residierten, aus. Außerdem sollten die Elzacher Wirte und Narrenräte befragt werden. Irgendjemand musste Stefan Schultis ja Montagabend gesehen haben. Um die Befragung der Wirte und Narrenräte wollte Martin sich kümmern, da er sie größtenteils gut kannte. Ann-Sophie hatte keine Einwände und wollte in die Rechtsmedizin fahren. Da meine Anwesenheit dort eigentlich nicht von Nöten war, schlug ich vor, dass ich nach Elzach fuhr, um mir erst den Löwenwirt und im Anschluss noch mal Jonas Messmer vorzunehmen. Bei Ersterem sah ich die besten

Chancen etwas Neues über den Streit zwischen unserem toten Schuttig, Jonas Messmer und dem Rägemolli, der womöglich Stefan Schultis gewesen war, zu erfahren. Mit Glück erhielt ich Informationen, mit denen ich Messmer anschließend unter Druck setzen oder wenigsten überprüfen konnte, inwiefern seine Geschichte mit denen der anderen Zeugen übereinstimmte. Freilich musste er dafür erst mal das Maul aufmachen. Aber er sollte ruhig merken, dass wir nicht so einfach aufgaben.

Wenn sich keine neue brandheiße Spur aus der forensischen Untersuchung ergab, wollte Ann-Sophie bei Messmers weiterer Befragung auch gerne dabei sein und sich nach ihrem Besuch in Freiburg sofort wieder auf den Rückweg machen – bei ihrer Fahrweise sollte das nicht allzu lange dauern. Glücklich darüber, dass sie Martins und mein Machogelaber nicht gehört zu haben schien und die Stimmung endlich mal ganz unbefangen war, stimmte ich dem gern zu, um nicht schon wieder einen unnötigen Konflikt heraufzubeschwören. Obwohl ich die Vernehmung sicher auch ohne ihre Hilfe geschafft hätte. Mit einem lächelnden »Bis später dann« entschwand sie sogleich aus dem Raum. Ich hoffte, dass Martin nicht bemerkte, welchen Eindruck das irgendwie doch auf mich machte. Ich versuchte jedenfalls keine Miene zu verziehen. Der Traum hing mir immer noch nach. Das Morning-Yoga schien Ann-Sophies Stimmung auf jeden Fall gut zu tun. Hoffentlich machte sie das von nun an jeden Morgen.

* * *

Eigentlich hatte die Haut von Dr. Novak, dem Neuen in der Rechtsmedizin, eine ähnlich blasse Farbe, wie die seiner »Patienten«. Doch seit Ann-Sophies Ankunft hatte sich auf seinen Wangen eine leichte, aber anhaltende Röte ausgebreitet. Dr. Novak war ein noch junger Berufseinsteiger und hatte bisher keine Besucherin gehabt, die mit Ann-Sophie vergleichbar gewesen wäre.

Auch seine Gesprächigkeit orientierte sich für gewöhnlich stark an den sonstigen Bewohnern des Forensischen Instituts. Zum vorliegenden Fall gab es allerdings auch nicht viel zu sagen.

Die Leiche von Pietro Santoro war mit drei heftig geführten Stichen, die tiefe Wunden gerissen hatten, von hinten durchbohrt worden. Dabei waren beide Lungenflügel verletzt worden. Vermutlich war er nicht auf Anhieb tot gewesen, aber die schlechte Sauerstoffzufuhr unter der schweren Holzlarve, der Blutverlust und der hohe Alkoholgehalt im Blut von 1,8 Promille hatten ihn hoffentlich nicht länger als eine halbe Stunde leiden lassen. Vermutlich hätte man ihn aber auch bei sofortigem Auffinden nicht mehr retten können. Bei der Tatwaffe handelte es sich vermutlich um ein handelsübliches Küchenmesser, allerdings außergewöhnlich groß und scharf. Sonst hätte das dicke filzene Zottelkleid des Schuttigs sicher mehr abgefangen.

Während sie den weiteren fachlichen Ausführungen des Mediziners zuhörte, ließ Ann-Sophie ihren Blick durch den mit zahlreichen Neonröhren bis in die letzten Winkel taghell ausgeleuchteten Raum schweifen. Das kalte, strahlendweiße Licht betonte die kleinen Makel und Fältchen jeden Gesichts unvorteilhaft, sogar bei Dr. Novak, den Ann-Sophie auf maximal 30 schätzte. Bei ihr war es sicher nicht anders. Es ließ aber auch keinen Zweifel an der klinischen Sauberkeit des mit hellblauen Kacheln ausgekleideten Raums, der Ann-Sophie ein wenig an ein Hallenbad erinnerte… nur kälter, ohne Kindergeschrei und Leben.

Ihr Gesprächspartner hatte seine detaillierte Beschreibung offenbar abgeschlossen und schaute sie erwartungsvoll aus treu blickenden Augen an, die sie stark an einen Hund erinnerten. Allerdings keinen Rassehund – eher was in Richtung Promenadenmischung. Der Gedanke entlockte Ann-Sophie ein kleines Schmunzeln.

»Herr Dr. Novak, vielen Dank für Ihre präzisen Ausführungen! Sie werden uns sicher weiterbringen«, sagte sie und das Rot wurde noch eine Spur dunkler.

* * *

»Jessis, Wende, du hesch mir grad noch gfehlt. Hänn dir die letzte Däg nit glangt? Mussch du mich jetzt au noch beim Aufräume belästige?«

Sepp, der Löwenwirt, stand vor Schweiß triefend hinter seinem Tresen, auf dem es aussah, als hätte eine Bombe eingeschlagen.

»Sit geschtern Morge bin ich am Putze und es sieht immer noch uss wie Sau! Mol ganz davon abgsähne, dass ich mei Bett s`letzte Mal vor fünf Däg länger als vier Stund gsähne hob.«

Eine ordentliche Mütze Schlaf schien Sepp auf jeden Fall bitter nötig zu haben. Seine Augenringe reichten bald bis zu seinem Bierbauch, der gerade noch so von einem versifften Sweatshirt einer mir unbekannten Metall-Band bedeckt wurde.

»Falls dir das bisher entgangen ist«, – und das war es dem Sepp sicherlich nicht – »wir haben eine Leiche! Mich führt also eine höchst dringliche Angelegenheit zu dir!«

»Was geht mich denn dini Leiche oh?« Sepp ließ ein kühles Helles aus dem Zapfhahn und schob es mir rüber. Der Mann wusste halt sofort, was die Leute brauchen. Zum Glück konnte mich Ann-Sophie gerade nicht sehen – Bier so früh am Tag würde ihr Bild von mir nur noch weiter beschädigen.

»Meine Leiche ist zuletzt bei dir im Keller gesehen worden!«

Verständnislos glotze der Wirt mich an.

Kurz berichtete ich ihm, was wir über die Schlägerei am Montagabend in seiner Kellerbar, die sich direkt unter dem Schankraum des eigentlichen Löwengasthofs befand, wussten und dass der nun tote Schuttig daran beteiligt gewesen war.

»Wart, ich hol mol de Jeremy, der war am Mändig für die Bar unte zuständig. Da nab stell ich mich nimmi de ganze Obend. Den geringe Sauerstoffgehalt, der da unte herrscht, verkraftet mini alt Raucherlunge keini 30 Minute meh.«

In der Tat war die nur an der Fasnet geöffnete impro-
visierte Kellerbar mit einer Deckenhöhe von 1,87m vollkommen frei von Fenstern, sodass ein Luftaustausch
praktisch nicht stattfand. Dies störte alkoholisierte Narren natürlich nicht im Geringsten und Gerüchte besag-
ten, dass man allein durch das Einatmen der Luft dort
unten in einen Promillebereich kam, der die Fahrtüch-
tigkeit erheblich einschränkte.

Jeremy schrubbte gerade die Küche und konnte sich
noch gut an die Schlägerei erinnern.

»Also, an ´nen Italiener kann ich mich nicht erinnern.
Ist aber je nach Verkleidung ja auch kaum zu erkennen.
Der Messmer Jonas war aber da. Der ist da echt ordentlich an einen Rägemolli geraten. Keine Ahnung,
wer das war. Dann hat sich noch ein zweiter Schuttig
eingemischt. Da unten im Keller ist es ja eh immer ge-
rappelt voll. Die Meier Kathi hat schlimm was abbekom-
men. Die Nase hat sogar geblutet. Aber irgendwie hat
man die drei dann voneinander trennen können.«

Ob und wann die drei Kontrahenten den Keller verlassen hatten, hatte Jeremy leider nicht mehr mitbekommen.

»Sorry, mehr kann ich dazu nicht sagen.«

Wäre auch zu schön gewesen.

Mit einem Bier-to-go machte ich mich auf zur Tür.

»Halt, mir fällt doch noch was ein.« Eilig kam mir Jeremy hinterher.

»Als die da so am rumprügeln waren, da ist auch immer wieder ein Name gefallen, meine ich mich zu erinnern. Ich glaube, es ging um einen Philipp. Aber ganz sicher will ich es jetzt auch nicht beschwören.«

Mit dieser Info konnte ich erst mal nicht viel anfangen.

Draußen rief ich Martin an, um ihn mit der Befragung der übrigen Elzacher Wirte mitsamt Personal zu beauftragen und deren Kontaktdaten aufzunehmen. Vielleicht war noch jemandem etwas aufgefallen. Martins Befragung der übrigen Elzacher Narrenräte hatte bisher noch nichts Interessantes hervorgebracht.

Gedankenverloren am Narrenbrunnen auf dem Bärenplatz lehnend und an meinem Bier nippend, überlegte ich, wie wir in Sachen »Philipp« weiterkommen konnten.

Was Jonas Messmer wohl zu diesem Namen, der so viel Wut heraufbeschworen hatte, zu sagen wusste?

* * *

Ich läutete bereits zum dritten Mal Sturm.

»Ach, lassen Sie es bleiben. Das bringt doch nichts.«

»Da haben Sie wohl oder übel recht«, antwortete ich Ann-Sophie, auch wenn ich mir alles andere als sicher war, ob Jonas Messmer nicht vielleicht doch zuhause war und einfach nur nicht aufmachen wollte. Aber selbst wenn dem so gewesen wäre, konnten wir wohl schlecht die Tür aufbrechen.

Außerdem wurden wir schon Sekunden später darüber aufgeklärt, dass ich mit dieser haltlosen Unterstellung gegenüber Messmer gänzlich falsch lag. Jonas war nicht zu Hause und würde die Tage wohl auch nicht mehr zurückkehren. Zu dieser Erkenntnis verhalf uns eine ältere Dame, die das erste Obergeschoss in unmittelbarer Nachbarschaft bewohnte. Offensichtlich hatte sie uns trotz ihres betagten Alters gehört. Die alte mechanische Klingel war alles andere als leise und auch vor der Haustüre gut wahrnehmbar. Vielleicht verbrachte sie aber auch ähnlich viel Zeit damit, aus dem Fenster zu spähen, wie Opa Erwin.

»Wänn ihr zum Jonas?«, fragte sie sogleich über das beige gestrichene Stahlgeländer ihres Balkons gebeugt. Sie war etwas korpulent und eigentlich von durchschnittlicher Größe, doch die Zeit hatte ihren Körper mehr und mehr in die Form eines ziemlich kompakten Fragezeichens gedrückt. Um gut über das Geländer blicken zu können, lehnte sie sich daher beängstigend stark dagegen. An dem Geländer hatte, wie am ganzen Haus, der Zahn der Zeit ähnlich schwer genagt, wie an der Bewohnerin selbst und mir schoss kurz die Frage durch den Kopf, ob ich wohl in der Lage wäre, sie aufzufangen, sollte das Geländer nachgeben.

»Ja. Wissen Sie, wo er ist? Wir sind von der Polizei«, rief Ann-Sophie, wohl in der Hoffnung, dass dieser Zusatz bei der betagten Dame die Hilfsbereitschaft noch erhöhte.

»Da könne ihr lang klingle. De Jonas isch weg. Der liegt im Krankehus.«

»Was?!«, entfuhr es uns fast gleichzeitig. »Wieso das?«

»Der isch gonz fies zämmegschlage worre. Ich hob uff eimol Schreie und Gepoltere ghört und bin dann uff de Balkon, zum halt gucke was los isch. Un dann hob ich e Wihli nix mehr ghört un donn wieda Rumgeschreie. Ich war mir halt unsicher, aber ich wollt schu die Polizei rufe, aber donn sin uff eimol drei Kerli us de Wohnung gstürmt – zwei so ganz dunkel ozoge, au dunkli Hoor, eher nit so groß – so Südländer halt, gell? Der eine het so e schwarzi Lederjacke o'gho. Un donn war deht noch e riese Kerli ime graue Trainingsonzug un mitre Glatze, der het usgsehne wie e Boxer. Die sin donn in so e gonz schicke dunkelblaue Mercedes ghockt und abdüst. Der het fürchterlich gröhrt, also seller Mercedes, wissener? Donn bin ich glie numm, die Türe war au nit gonz zu un ich hob do donn de Jonas gfunde. Jessis, het der usgsähne! Ich bin gonz überfordert gsi und hob natürlich gli de Notarzt grufe«, erzählte die Frau eifrig.

»Was sagt sie?", fragte Ann-Sophie verständnislos ob des badischen Redeflusses. Doch jetzt war keine Zeit für Übersetzungen.

»Und warum haben Sie nicht auch die Polizei verständigt?« fragte ich nach.

»Des hob ich ja welle. Aber de Jonas het immer gsait: *kei Polizei, bitte kei Polizei*. Ja mei, donn hob ich's halt glosse. Aber sell isch mir schu komisch vorkumme.«

»Sind Sie sich sicher, dass es ein dunkelblauer Mercedes war?«, fragte Ann-Sophie mit einem plötzlich nervösen Unterton nach. Das ein oder andere hatte sie sich wohl selber zusammenreimen können.

»Ja, also jetzt nit hundertprozentig, aber ich glaub schu, dass der dunkelblau gsi isch. Und e Mercedes wars uff jeden Fall, weil e Mercedes het au mi Wilhelm, Gott hab ihn selig, gfahre. Der war si gonze Stolz und der het ebe dann au so ein Stern vorne druf und…«

»Scheiße!« wurde sie von Ann-Sophie wenig charmant unterbrochen. Mein kurzfristiges Entsetzen ob dieses Kraftausdruckes wich der frohen Erkenntnis, dass Miss Perfect wohl auch zu menschlichen Regungen fähig war. Den Grund ihrer hektischen Erregung konnte ich jedoch erst mal gar nicht deuten.

»Ich glaub, die haben uns gestern verfolgt.«

»Was? Wer?«

»Na, diese Schläger. Auf der Rückfahrt von Waldkirch dachte ich, ich hätte das Auto schon mal irgendwo hinter uns im Rückspiegel bemerkt. Habe das aber eher unterbewusst wahrgenommen. Aber als wir dann gestern hier aus dem Haus kamen und zum Auto gelaufen und weggefahren sind, ist mir aufgefallen, dass der in der Straße stand.«

»So was können Sie sich merken?«, erwiderte ich erstaunt.

»Der ist mir nur aufgefallen, weil es ein C-63 AMG war.«

Ich war beeindruckt. Die meisten Frauen, die ich so kannte, wussten noch nicht mal, was ein AMG überhaupt ist, geschweige denn, dass sie im Vorbeifahren einen erkannt hätten. Es war mir persönlich ja ein Rätsel, aber da gab es tatsächlich studierte Frauen, die konnten ohne das Markenemblem einen Benz nicht von einem BMW unterscheiden.

»Sie kennen sich ja gut aus.«

»Mein Vater arbeitet bei Mercedes. Wir haben schon immer die neuesten Modelle gefahren«, klärte Ann-Sophie mich auf.

»Okay, wer verfolgt uns und warum?« überlegte ich laut und mir kam auch sogleich ein Verdacht. Um den zu bestätigen, benötigte ich nur ein kurzes Telefonat mit der Zentrale.

»Wisser hier, servus! Du, könnt ihr für mich bitte ganz schnell etwas herausfinden. Ich brauch alle Halter eines dunkelblauen Mercedes C-63 AMG im Landkreis. Falls es keinen gibt, von Nachbarlandkreisen. Kannst du das schnell rausfinden? – Danke.«

Wie erwartet, gab es nur einen Treffer und der kam – wer hätte das gedacht – aus Waldkirch.

»Marco Santoro«, wiederholte ich laut für Ann-Sophie, »Danke, ihr seid klasse Jungs.«

»Das heißt, die haben sich nach der Befragung bei den Eltern des Opfers an uns dran gehängt«, schlussfolgerte sie sofort. »Die wussten ja, dass wir kommen. Aber, wer ist denn Marco Santoro? Der Vater von Pietro hieß doch anders oder?«

»Das war auch nicht der Vater. Ich könnt mir sogar gut vorstellen, dass der davon gar nichts weiß. Marco ist der Sohn von Stephano Santoro, dem Don des Elztals und außerdem der Cousin des erstochenen Pietro. Wo Marco ist, ist sein Bruder Massimo vermutlich auch nicht weit. Das war sicher der andere Südländer.«

»Die haben uns also von Waldkirch ab verfolgt und ausgekundschaftet, wohin unsere Spuren führen,« kombinierte Ann-Sophie. »Aber warum haben sie mit ihrer »Befragung« bis heute gewartet?«

»Vielleicht wollten sie erst mal dranbleiben und schauen, wo wir noch alles hinfahren oder vielleicht hat uns gestern auch nur einer verfolgt, danach Bericht erstattet und für heute seine Schlägerfreunde mit ins Boot geholt«, mutmaßte ich.

»Oh nein«, entfuhr es Ann-Sophie, »bevor wir hier waren, waren wir zuerst bei Frau Schultis!«

Entsetzt wurde mir klar, was das bedeuten konnte.

Ich blickte hoch zum Balkon, wo die alte Frau immer noch am Geländer lehnte. Um etwas von unserem Gespräch erhaschen zu können, stand sie mittlerweile auf den Zehenspitzen und streckte ihren Oberkörper soweit hinunter, dass einem Angst und Bange werden konnte.

»Sie! Wann ist das alles passiert?«

»Ha, de Krankewage isch vor viellicht einere halbe Stund do gsi.«

Ohne uns für die wertvollen Informationen zu bedanken, rannten wir beide sofort zu meinem Wagen. Jetzt galt es keine Sekunde zu verlieren. Wir mussten so schnell es ging zu Familie Schultis.

Mit quietschenden Reifen kamen wir von dem Grundstück der Familie zum Stehen und rannten sofort durch den Vorgarten zum Eingang, der sich an der rechten Seite des Hauses befand.

Zu unserer unsagbaren Erleichterung öffnete uns nach wenigen Sekunden die schüchtern dreinblickende Tochter des Hauses.

»Papa ist nicht da«, sagte sie ungefragt mit traurigen Augen.

»Und deine Mama?«

»Die schon.«

»Was gibt es denn?«, hörte man Frau Schultis schon besorgt rufen.

»Hatten Sie heute Besuch?«, fragte ich die herbeigeeilte Frau.

»Nein?«

»Ist Ihnen heute ein dunkelblauer Mercedes in der Straße oder sonst irgendetwas Ungewöhnliches aufgefallen?«

»Nein«, erwiderte sie, nun leicht verängstigt. »Warum? Ist irgendetwas mit meinem Mann? Wissen Sie, was mit ihm ist?«

»Leider nicht. Bitte entschuldigen Sie die Störung. Und bitte öffnen Sie niemandem die Tür, den Sie nicht kennen, ja?«

»In Ordnung. Aber bitte sagen Sie mir doch, was los ist.«

»Das wissen wir noch nicht genau. Wir melden uns heute noch bei Ihnen.«

»Sie können doch nicht hier ankommen, irgendwelche Andeutungen bezüglich unserer Sicherheit machen und mir dann keine weiteren Informationen geben«, erwiderte Frau Schultis, deren Angst langsam Verärgerung wich.

»Wir können keine Ermittlungsdetails an Sie weitergeben, bitte verstehen Sie das. Bleiben Sie einfach zuhause, öffnen Sie die Türe nicht und geben Sie uns Bescheid, wenn Ihnen etwas Verdächtiges auffällt.«

Zurück beim Auto forderte ich zur Sicherheit trotzdem einen Streifenwagen an, der fürs Erste das Haus überwachen sollte.

»Wenn sie nicht hier sind, wo sind sie dann? Zurück nach Hause?«

»Das glaube ich nicht. Wenn sie hier nicht sind, hat Jonas Messmer ihnen vermutlich schon geliefert, wonach sie gesucht haben.«

»Und das wäre?«

»Entweder eine Erklärung für den Tod ihres Cousins oder… Schultis' Aufenthaltsort!«

»Wir müssen Messmer noch mal befragen! Sofort!« rief ich aus und trat aufs Gaspedal.

Das Waldkircher Krankenhaus, in das Jonas Messmer höchstwahrscheinlich gebracht worden war, war nicht weit weg – zumindest theoretisch.

»Oh nein, warum staut es sich hier?« rief Ann-Sophie entnervt.

»Das ist die berüchtigte Windener Engstelle, da gibt es zu Stoßzeiten leider oft Rückstau. Gestern, auf dem

Weg nach Waldkirch standen wir doch auch schon hier.«

Am Oberwindener Ortseingang verengte sich die Fahrbahn aufgrund der bestehenden Bebauung so sehr, dass keine zwei Autos nebeneinander Platz hatten, und somit die aus Elzach kommenden Fahrzeuge die entgegenkommenden zuerst passieren lassen mussten, bevor sie selbst fahren durften. Gerade zu den Hauptverkehrszeiten, und ausgerechnet in einer solchen befanden wir uns gerade, konnte das zu erheblichen Verzögerungen führen. Der Bau des Tunnels zur Ortsumgehung war bereits in vollem Gange, brachte uns aber im Moment wenig.

»Ich dachte, wenigstens eines wäre hier besser als in Vaihingen, aber nein… jetzt machen Sie halt endlich mal das Blaulicht an, wir haben es eilig!« herrschte Ann-Sophie mich an.

Ausnahmsweise war mir ihr Wunsch Befehl.

* * *

»Mein Gott, Sie sehen ja beschissen aus«, entfuhr es mir nicht gerade charmant, als wir Messmer endlich in seinem Krankenbett erreicht hatten. Aber es war leider die Wahrheit. Messmers Gesicht zeigte bereits sämtliche Schattierungen der grün-blauen Farbpalette und seine geschwollene Oberlippe zierte ein blutiger Riss. Trotz der aufgedunsenen Gesichtszüge meinte ich in ihnen deutlichen Unmut über unseren Besuch erkennen zu können.

»Was wollt ihr?«

»Herr Messmer, Sie sind sicherlich momentan noch sehr mitgenommen, aber wir müssten wirklich dringend wissen, warum Sie angegriffen wurden«, entgegnete Ann-Sophie beschwichtigend auf die schroffe Begrüßung.

»Was geht euch das an?« nuschelte Jonas Messmer, dem es sichtlich Mühe bereitete sich mit seinen lädierten Lippen halbwegs verständlich zu artikulieren.

»Wir wissen, dass Ihnen gedroht wurde und die Polizei herausgehalten werden soll. Aber es geht hier um Leben und Tod! Und zwar um Leben und Tod Ihres Freundes Stefan Schultis« erwiderte ich, vielleicht etwas zu theatralisch.

»Freund…«, Messmer verzog verächtlich das Gesicht – naja, er versuchte es zumindest, was in einer schmerzverzerrten Grimasse endete. »Immer reitet der mich in die Scheiße! Schaut mich doch an! Das ist alles seine Schuld! Ich wurde einfach so überfallen, grundlos! Nur weil Stefan sich mit der Mafia angelegt hat oder was weiß ich.«

»Was genau wollten die Santoros denn von Ihnen?«

»Keine Ahnung, die haben einfach drauflos geschlagen.«

»Einfach so? Es hat sich hier ja wohl nicht um einen zufälligen Raubüberfall gehandelt. Die wollten etwas von Ihnen wissen und Sie haben es ihnen geliefert. War es nicht so? «

Jonas Messmer schwieg. So langsam reichte mir dieses ständige Gemauere.

»Bald ist meine Geduld mit Ihnen zu Ende! Jetzt rücken Sie endlich raus, was Sie den Italienern gesagt haben! Wollen Sie sich der unterlassenen Hilfeleistung strafbar machen?«

»Herr Messmer!« bat auch Ann-Sophie eindringlich. »Helfen Sie uns doch!«

Messmers Widerstand begann zu bröckeln. Ob das nun an meiner Drohung oder Ann-Sophies Hundeblick gelegen hatte, man weiß es nicht. Bei dem bettelnden Augenaufschlag spielte Ann-Sophie auf jeden Fall in einer Liga mit den Cocker Spaniels.

»Ja okay, ich rede ja«, begann Jonas Messmer widerwillig. »Also, die Italiener wollten wissen, wo Stefan ist.«

So weit waren wir ja nun auch schon gekommen.

»Und, was haben Sie geantwortet?«, drängte ich ungeduldig.

»Bitte sagen Sie Stefan nicht, dass ich es verraten habe. Ich weiß auch gar nicht, ob er sich dort aufhält, es war nur so eine Vermutung. Ich hoffe, es geht ihm gut, diese Mafiatypen sind echt übel drauf! Eine Begegnung mit denen wünscht nicht mal seinem ärgsten Feind und…«

»Herr Messmer!«

»Entschuldigung! Also, es gibt da so eine alte Hütte bei Biederbach im Wald, die Stefans Opa gehört hatte und in der wir als Jugendliche oft abhingen…«

* * *

Der Sonnenuntergang hatte die Farbe geronnenen Bluts. Es quoll, ausgehend von dem im Horizont versinkenden Feuerball, langsam über die dunklen Tannenspitzen und versickerte zwischen ihnen im schattigen Unterholz. Die schweren grauen Abendwolken im Süden schienen wie der Wald den größten Teil des spärlichen Lichts zu verschlucken und allein der schmale Fahrtweg voll hellem Kies und die Chromapplikationen des dunkelblauen Mercedes, der vor der Hütte parkte, verhalfen den letzten Sonnenstrahlen zu einem leuchtenden Funkeln.

Auch aus Stefans Zahnfleisch, den aufgerissenen Lippen und seiner unnatürlich verformten Nase quoll bereits reichlich Blut. Immer wieder, nachdem einer der Italiener mit dem Schlagring zuschlug, sah er Gekräusel und Schwärze vor Augen und wünschte sich die Ohnmacht herbei. Aber die hatte ihn bisher im Stich gelassen.

Am Anfang hatte er geschrien wie am Spieß und sich nach Leibeskräften gewehrt, aber das hatten sie ihm schnell ausgetrieben. Mittlerweile war er dazu nicht mehr in der Lage, selbst wenn er gewollt hätte.

Wie sollte das ganz hier nur enden? Die würden ihn doch nicht umbringen?

Stefan Schultis war mittlerweile kurz davor, ihnen einfach zu gestehen, dass er Pietro erstochen hatte. Das wollten sie ja scheinbar hören. Doch er hatte ernsthafte Zweifel, dass das seine Situation verbessern würde. Aber was sollte er nur tun? Er war am Ende. Offensichtlich waren sie mit seinen bisherigen Antworten ziemlich unzufrieden.

Die beiden Italiener hatten seine Arme mit Kabelbindern fest an den Stuhl gebunden. Der große, bleiche Glatzkopf, der die Tür bewachte, füllte diese in Höhe und Breite 1:1 aus. An Flucht war überhaupt nicht mehr zu denken. Durch seine geschwollenen Lider sah Stefan schon wieder die Faust mit dem Schlagring auf sich zu rasen. Er versuchte sein Gesicht abzuwenden und kniff die Augen fest zusammen.

Doch diesmal blieb der Schmerz aus.

Als er seine Augen vorsichtig öffnete, sah Schultis ein Standbild vor sich – die Faust seines Peinigers schwebte unbewegt einen halben Meter vor ihm in der Luft. Niemand in dem Raum wagte sich zu bewegen oder gar zu atmen.

Nun hörte auch er es. Die Laute drangen wie in Watte gepackt an sein Ohr, als müssten sie erst einen schweren Vorhang durchdringen, aber jetzt waren sie ganz deutlich:

Das Geräusch von aufspritzendem Kies! Mit dem direkt darauf einsetzenden Bremsgeräusch schlitternder Reifen und dem prasselnden Aufschlag von Steinchen, vermutlich am Lack des Mercedes, der mitten auf dem Weg stand, explodierte die Szenerie vor ihm.

Wie von der Tarantel gestochen riss der weiße Riese im Trainingsanzug die Tür auf und die beiden anderen warfen sich fast zeitgleich mit ihm durch den engen Rahmen. Da die Tür aber nach Innen öffnete und der Hüne im grauen Trainingsanzug erst zurücktreten musste, stauten sie sich kurz an der Tür, bevor der große Kerl von den beiden Italienern fast hinausgeworfen wurde.

Synchron dazu wurden mehrere Autotüren aufgerissen und eine tiefe Bassstimme rief: »Sofort stehenbleiben oder ich schieße!«

* * *

Martin Dörrsam, der die Kolonne vor unserem Wagen und einem weiteren Streifenwagen angeführt hatte, war vermutlich erstaunt gewesen, dass wir auf dem Weg zur Hütte zu ihm aufgeschlossen hatten, aber Ann-Sophie hatte das Steuer übernommen und fuhr wie eine gesengte Sau. Ich fürchtete bereits vor Begegnung mit dem Schlägertrupp ernsthaft um mein Leben. Aber natürlich hielt ich tunlichst die Klappe und versuchte mir nichts anmerken zu lassen.

Zu Martins Verteidigung musste man sagen, dass er wohl, wie ich später erfuhr, neben der Fahrerei seinen Polizeianwärter belehrt hatte, wie ein erfahrener Polizist so einen Zugriff handhaben sollte. *Sieh zu und lerne vom Meister!* Dies bekam der Polizeianwärter des Öfteren zu hören.

Martins Philosophie war es, von Anfang an keine Missverständnisse aufkommen zu lassen, sodass die Verbrecher erst gar keine Chance sahen. Man musste Entschlossenheit, ja, Wildheit zeigen und keinen Zweifel daran lassen, dass man zu allem bereit war. Auch wenn man das natürlich nicht war. Schließlich war man ja Polizist und so weiter.

Nachdem Martin seinen massigen Körper erstaunlich schnell aus dem zum Stehen kommenden Polizeiwagen katapultiert hatte, zog er sofort seine Dienstwaffe und brüllte in Richtung der Hütte.

»Sofort stehenbleiben oder ich schieße!«

Der junge Kollege war von der autoritären Stimmgewalt seines Ausbilders ernsthaft beeindruckt. Dies schien aber weder für den Meister Propper im Trainingsanzug zu gelten, der aus der Tür der Hütte stolperte, noch für seine kleineren, aber ähnlich muskulösen Gefährten, die im gleich darauf folgten. Die drei hatten aber auch gar nicht lange Zeit, Martins Worte auf sich wirken zu lassen, denn direkt darauf hallte ein ohrenbetäubender Knall durch den Wald und von der Oberseite des Hauklotzes, der neben der Hütte lag, stoben Splitter auf. Von allen Seiten gellten plötzlich Schreie.

Mittlerweile war der Große, der sein Heil in der Flucht zu finden glaubte, fast am Ende des kleinen Plateaus, das die Hütte umgab, angelangt. Anschließend fiel der bewaldete Hang steil ab.

Bam! Bam! Zwei weitere Kugeln fetzten in Richtung der Flüchtigen und schlugen im Boden und in der Holzbiege hinter dem Fliehenden ein. Kreischend warfen sich die beiden Italiener, die versucht hatten, ihrem Kollegen hinterherzueilen, aber dabei nicht weit gekommen waren, zu Boden und schlugen ihre Hände über den Hinterkopf. Offensichtlich wussten sie bereits, wie man sich bei einer Festnahme richtig zu verhalten hatte.

Der Muskelprotz hingegen warf sich spektakulär den Hang hinunter. Das erforderte zweifelsohne einiges an

Mut und Schmerztoleranz, brachte ihn aber außer Reichweite von Martins Lunte.

Wie ein Blitz schoss Ann-Sophie an Martin vorbei und sprang beherzt dem Fliehenden hinterher. Der war für seine träge wirkende Masse erstaunlich schnell, doch Ann-Sophie war schneller. Vermutlich wurde ihm das ebenso rasch klar, wie die Tatsache, dass er ein ziemlich großes Ziel darstellte und »die Bullen« extrem schießwütig schienen. So ergab er sich nach kurzer Verfolgung und konnte von Ann-Sophie und dem dazu geeilten Polizeianwärter festgenommen werden. Es dauerte dennoch lange, bis sie den ganzen Hang, den sie so schnell hinab gestolpert, wieder hinaufgestiegen waren.

Derweil zeterten die beiden Italiener, die ihren Stolz und ihr Temperament trotz der sofort von Martin angelegten Handschellen wiedergefunden hatten, wie dieser eigentlich so irre sein konnte, einfach auf sie zu schießen. Sie hätten sterben können und dann wäre er aber sofort seinen Job los gewesen. Komplett geisteskrank wäre er. Ehrlich gesagt war diese Meinung nicht ganz abwegig und zumindest der erste Schuss hätte als Warnschuss ohne Zweifel in den Himmel gerichtet sein müssen. Aber Martin schien mit sich selbst ziemlich zufrieden zu sein und erwiderte bloß, dass er schon getroffen hätte, wenn er denn gewollt hätte.

Ich beschloss die Unterredung mit Martin über den Einsatz der Schusswaffe auf später zu vertagen, wenn die beiden Santoros, um die es sich zweifellos handelte, nicht zuhörten. Den Gefallen, mich auch nur einen Millimeter auf ihre Seite zu stellen, wollte ich ihnen nicht machen.

Mit gezückter Waffe drang ich in die Hütte vor.

Stefan Schultis' sonst bei den Frauen so beliebter Anblick war mitleiderregend. Nur mit Boxershorts bekleidet krümmte er sich an einen Stuhl gefesselt. Sein Oberkörper war übersät von Hämatomen und sein blutverschmiertes Gesicht wies mehrere Platzwunden auf. Das linke Auge war fast komplett zugeschwollen. Ich befahl, sofort einen Krankenwagen zu rufen, suchte in der Hütte nach einem Werkzeug und begann ihn loszumachen. Auf meine Fragen bekam ich von Schultis kaum eine klare Antwort. Inwieweit sein Zustand nur gespielt war, war schwer einzuschätzen. Aber der Notarzt machte mir und Ann-Sophie unmissverständlich klar, dass heute keine Vernehmung mehr möglich sein würde.

* * *

Zurück auf dem Revier wollten wir sofort die beiden Santoro-Brüder vernehmen. Natürlich einzeln.

Ich merkte, wie aufgedreht ich noch war und auch Ann-Sophie schien euphorisiert bis hibbelig und voller Tatendrang. Erst die vollkommen unerwartete Bedrohung und dann war doch noch alles halbwegs gut ausgegangen. Frau und Tochter von Stefan Schultis war nichts passiert und naja, Stefan teilte meine positive Bilanz vermutlich weniger, aber so eine spektakuläre Rettung in letzter Sekunde - das hatte ich schon lange nicht mehr erlebt. Ich schien immer noch ordentlich Adrenalin im Blut zu haben, so als wäre ich zum ersten Mal eine neue, vollkommen verrückte Achterbahn gefahren.

Ich gönnte mir eine kurze Pause und blickte aus dem Fenster. Draußen war es schon finster geworden – alleine für die frühe Dunkelheit hasste ich den Winter – daher sah ich im Wesentlichen mein eigenes Spiegelbild und die sich in der Scheibe spiegelnde Bürobeleuchtung. Dumpf dröhnte der Feierabendverkehr von der Straße herauf und entschleunigte meine Gedanken ein wenig.

Hatten wir Stefan wirklich vor dem Schlimmsten bewahrt? Wie weit wären die drei noch gegangen? Hätten sie ihn noch weiter gefoltert? Ihn gar getötet, weil sie annahmen, dass er der Mörder ihres Cousins war? Stefan hatte ihre Gesichter gesehen. Er hätte alle drei identifizieren können.

Andererseits gab es vermutlich noch dutzende andere, die von den Santoro-Brüdern und ihrem Schlägerfreund drangsaliert wurden und die Klappe hielten. Auch im Freiburger Raum war Schutzgelderpressung gerade bei Diskotheken und Nachtclubs weit verbreitet. Inwieweit auch andere Lokale oder Geschäfte darunter zu leiden hatten, wusste ich nicht genau und notierte mir auf einem Post-It, welches ich an meinen Schreibtisch klebte, dass ich unbedingt einige Nachforschungen zum Santoro-Clan anstellen und mit diversen anderen Abteilungen Kontakt aufnehmen sollte.

Hoffentlich würde Stefan Schultis die drei anzeigen und auch vor Gericht aussagen. Aber selbst wenn nicht, war die Beweislast in diesem Fall wohl eindeutig. Wegen schwerer Körperverletzung bekam man die Santoros und ihr Gehilfe allemal dran. Vielleicht sogar wegen Folter oder Freiheitsberaubung. Immerhin war Schultis gefesselt gewesen. Für versuchten Totschlag oder vereitelten Mord fehlten hingegen sicherlich die Beweise.

Ich war mittlerweile zu der Überzeugung gelangt, dass die drei den Narrenrat nicht umgebracht hätten. Sicher waren sie absolut gewaltbereit, aber gemeinschaftlicher Mord war extrem selten. Mord plante man fast immer allein und führte ihn auch allein durch oder engagierte einen Killer, der die Drecksarbeit machen sollte. Aber in der Regel war es nicht klug, für einen Mordversuch mehrere Leute mit an Bord zu holen. Außerdem fand sich da selbst im kriminellen Milieu nicht eben einfach ein Mitstreiter. Es gab sicher Typen, die über Leichen gingen, wenn bei einem krummen Ding etwas schieflief. Aber geplant jemanden zu töten, war eine ganz andere Sache. Ein Mord wirbelte immer auch richtig viel Staub auf und das versuchten die meisten Verbrecher tunlichst zu vermeiden. Und ein Menschenleben einfach auszulöschen, da bekamen selbst die schlimmen Jungs meist Gewissensbisse. Das konnten nur die wenigsten mit ihrem Selbstbild vereinbaren. Daher hatte Mord in aller Regel auch ein persönliches Motiv.

»Wollen wir?«, riss mich Ann-Sophies Stimme aus meinen ausschweifenden Gedanken. Ich raffte mich auf.

Als ich mit Ann-Sophie den Vernehmungsraum betreten wollte, hielt mich Martin kurz zurück und informierte mich, dass die beiden Santoros bereits von ihrem Recht auf einen Anruf Gebrauch gemacht hatten. Der erste Anruf hatte wohl ihrem Vater gegolten, der zweite einem Anwalt, der offensichtlich schon auf dem Weg hierher war. Ich beschloss dennoch oder gerade deswegen jetzt schon das Gespräch mit den beiden und ihrem Schlägerkumpel zu suchen.

Die Vernehmung von Marco Santoro, dem älteren der beiden Brüder, stellten wir nach kurzer Zeit auch direkt wieder ein, da er fest darauf beharrte, keinen Mucks von sich zu geben, bis er mit seinem Anwalt gesprochen hatte. Der Scheißkerl hatte vermutlich Erfahrung im Umgang mit solchen Situationen.

Massimo Santoro war eine Spur leichtsinniger oder dreister oder wie auch immer man es nennen wollte.

Er lungerte lässig grinsend auf dem Stuhl im Verhörraum als gelte es, die Rolle des aufmüpfigen Regelbrechers in einem Teenager-Musical zu ergattern. Dazu passten auch die schwarzen, vom Haarwachs fettig glänzenden Haare, die er glatt nach hinten gegelt trug. Die Seiten waren millimeterkurz rasiert. Die schwarze Lederjacke passte ebenso ins Bild, wie die modisch zerrissene Jeans mit einem schwarzen Gürtel und das weiße T-Shirt. Auf Shirt und Gürtelschnalle protzte unübersehbar das Zeichen von Giorgio Armani.

Massimo Santoros sonnengebräuntes, glattrasiertes Gesicht war nicht unansehnlich, wurde aber von einer

Narbe an der linken Wange etwas entstellt. Vermutlich gab es aber genug Frauen, die gerade das sowie seine ganze protzige und aufmüpfige Art besonders männlich und attraktiv fanden.

In mir löste alles an ihm von Anfang an eine tiefe Abneigung aus.

Ann-Sophie und ich nahmen beide auf der gegenüberliegenden Seite des Verhörtisches Platz. Ich schaltete das Aufnahmegerät ein.

»Herr Massimo Santoro, ich weise Sie hiermit darauf hin, dass wir dieses Gespräch zu Ihrem und unserem rechtlichen Schutz aufzeichnen.«

Massimo reagierte nicht.

»Sie stehen im Verdacht Stefan Schultis der Freiheit beraubt zu haben. Des Weiteren wird Ihnen in diesem Zusammenhang schwere Körperverletzung und Folter vorgeworfen. All diese Vorwürfe stellen eine Straftat dar. Sie sind somit der Beschuldigte in diesem Fall. Das heißt Sie haben das Recht zu schweigen. Es steht Ihnen frei sich zum Tatvorwurf zu äußern. Sie müssen sich selbst und ihren Bruder aber nicht belasten. Darüber hinaus haben Sie die Möglichkeit jederzeit einen Verteidiger zu befragen und Beweiserhebungen zu Ihrer Entlastung zu beantragen. Sollte es zu einer Anklage kommen und Sie sich keinen Anwalt leisten können, wird Ihnen ein Rechtsbeistand zur Seite gestellt«, leierte Ann-Sophie die Standardansprache wie aus dem Lehrbuch herunter.

Bei ihren Worten schniefte der Kerl jedoch nur verächtlich. Selbstverständlich konnte er sich einen Anwalt leisten. Vermutlich sogar einen sehr guten.

»Haben Sie die Belehrung verstanden?«

»*Si*!«

»Würden Sie sich bitte normal hinsetzen, wenn wir uns mit Ihnen unterhalten?«

Natürlich bewegte Santoro sich keinen Zentimeter. Vielmehr antwortete er mit einem falschen, provokanten Grinsen, dass seine Wirkung auf mich leider nicht verfehlte. Der Kerl widerte mich einfach nur an.

»Na gut, wenn Sie dieses pubertierende Gehabe immer noch brauchen – von mir aus.«

»Von dir lass ich mir gar nichts sagen, *piedipiatti*! Aber bei *Signora Commissaria* würde ich vielleicht eine Ausnahme machen.« Massimo schenkte Ann-Sophie ein süffisantes Lächeln und ließ seinen Blick über ihren Körper gleiten. »Was macht denn so eine *bella ragazza* wie du im Polizeidienst? Wenn dich der Laden hier mal langweilt, komm zu mir. Ich verschaff dir einen Job, bei dem du deutlich mehr verdienen kannst.« Nach den letzten Worten drückte er seine Zunge von innen wiederholt gegen die linke Backe.

Die erstaunlich gelassene Ann-Sophie lächelte kühl zurück: »Ich bin erstaunt, dass Sie in ihrer Situation noch solche Zoten reißen.«

»Was tue ich?«

»Sie scheinen zum Scherzen aufgelegt«, erläuterte Ann-Sophie mit einer Engelsgeduld, »Sie haben wohl noch nicht ganz begriffen, was auf Sie zukommt. Vielleicht hätten Sie doch mal in die Schule gehen sollen, anstatt Drogen zu verticken, wie ich Ihrem Vorstrafenregister entnehme. Körperverletzung hatten wir auch schon mal…«, sie warf einen kritischen Blick in die Akte, bevor sie in dem Tonfall vorfuhr, in dem sich nicht mal ein Grundschulkind ernst genommen fühlen würde, »Uiuiui, das sieht nicht gut für Sie aus. Und heute haben Sie schon wieder jemanden krankenhausreif geschlagen… so uneinsichtige Leute mag der Haftrichter gar nicht gern.«

»Was laberst du? Wen soll ich geschlagen haben?«

»Ich bitte Sie, wir haben Sie auf frischer Tat ertappt, als Sie Herrn Schultis grün und blau geprügelt haben.«

»Ich glaube hier liegt ein Missverständnis vor. Wir haben Herrn Schultis gerettet!«

»Wie bitte?«, platzte es ungläubig aus mir heraus. Was war das jetzt für 'ne Nummer?

»Aber sicher. Ich wollte mit meinem Bruder und einem Freund eben eine kleine Wanderung machen, *capisci*? Da hören wir aus der Hütte einen Hilferuf. Also sind wir schnell rein, um nach dem Rechten sehen und tatsächlich – da ist der arme Mann. Wir wollten ihm gerade helfen, da haben Sie uns entdeckt. Oder sagt der Typ etwa etwas anderes?« Massimos Stimme klang jetzt nicht mehr belustigt, sondern bedrohlich.

»Ach, Sie waren wandern an diesem wunderschönen Februartag?! Und dabei sind Sie ganz zufällig über Herrn Schultis gestolpert?« Da hätte ich ja fast laut losgelacht.

Ann-Sophie ergänzte: »Hmm, was haben Sie denn da an Ihren Fingernägeln und... oh, da an Ihrem teuren Shirt – oh nein, sieht aus als wäre das Blut. Ob das wieder rausgeht?«

»*Mamma mia*!«, erwiderte Massimo gekünstelt, »da will man einmal jemand helfen! Aber wissen Sie, ich mach genügend Kohle. Ich kann mir ein neues Shirt leisten. Ich habe mich wohl über den Typ gebeugt, um die Fesseln zu lösen. Keine Ahnung, wer den gefesselt hat. War sicher so ein krankes Rollenspiel, Sie wissen schon.« Er zwinkerte Ann-Sophie anzüglich zu.

»Und das Blut an Ihren Händen?«

»Jemand hat das Schwein... ich meine, die arme Sau, wohl übel zusammengeschlagen. Er war voller But und ich musste ihn ein wenig wachtätscheln.«

»Ich dachte, Sie hätten zuvor seine Hilferufe gehört.«

»Ja, ja... als wir reinkamen.«

»Jetzt reicht's aber mit dem Theater!«, fuhr ich ihn an. »Wir alle wissen hier, worüber wir reden und auch der Haftrichter weiß es. Sie sind am Arsch! Auch wenn Sie sich hier aufführen wie der Pate! Haben Sie uns noch irgendwas zu sagen, was Sie entlasten könnte oder wollen Sie uns etwas mitteilen, was in uns einen kleinen Funken Wohlwollen Ihnen gegenüber auslösen könnte? Aber ich sage Ihnen, das wird nicht allzu leicht für Sie.« Eigentlich war ich damit viel zu gutmütig für diesen Idioten, aber er konnte uns halt nützlich sein.

»Zum Beispiel irgendwelche brandheißen Infos, die Sie Stefan Schultis abgenommen haben?«, wurde Ann-Sophie konkret.

In dem Moment wurde die Tür aufgestoßen und ein Mann in einem edlen schwarzen Anzug, der - das erkannte sogar ich - nach einem vierstelligen Preisschild aussah, und einer dunkelblauen, seidig schimmernden Krawatte betrat voller Elan den Raum.

»*Signore*, was fällt Ihnen ein, einfach ohne anwaltlichen Beistand mit der Befragung zu beginnen? Massimo, ich habe euch gesagt, kein Wort bis ich da bin«, rief der Anzugträger mit italienischem Akzent, viel Gefuchtel und dieser herrlichen Sprachmelodie. Auch wenn mir der Inhalt missfiel – allein die italienische Betonung der deutschen Wörter klang irgendwie nach mediterraner Lebensfreude.

»*Mi scusi*! Ich hatte nur ein wenig Spaß«, erwiderte Massimo Santoro immer noch grinsend. Gott, war dieser dämliche Gesichtsausdruck eigentlich festgewachsen? Damit konnte er ja fast Modell für eine neue Teufelslarve stehen.

Auch Santoros Anwalt schaute pikiert. Er war um die fünfzig, schlank mit schlohweißem, aber vollem Haar. Markantes, längliches Gesicht mit leicht eingefallenen Wangen. Seine dunklen Augen blickten schnell und intelligent umher, wie die eines Habichts. Der raubvogelartige Eindruck wurde noch durch eine auffällige, schwarz umrahmte Brille à la Frank-Walter Steinmeier verstärkt, die auf einer etwas zu groß geratenen Hakennase saß.

»Sie haben ihn hoffentlich über seine Rechte informiert?«, fragte der Anwalt und richtete seinen unsteten

Blick dabei auf Ann-Sophie, als wüsste er ganz genau, wer hier für die Formalitäten zuständig war.

»Selbstverständlich«, antworte sie und zeigte auf das immer noch angeschaltete Diktiergerät.

»Gut, dann schalten Sie Ihr kleines Gadget bitte aus oder nehmen es am besten mit nach draußen und lassen mich mit meinem Mandanten kurz alleine, bitte. Und ach ja… seien Sie bitte so freundlich und schicken Sie auch seinen Bruder zu mir. Dann muss ich nicht alles zwei Mal sagen, beziehungsweise anhören.«

»Machen wir«, erwiderte Ann-Sophie spitz und wir verzogen uns nach draußen. Auf der einen Seite war ich froh, dass Gespräch in Anwesenheit eines etwas zivilisierteren Gegenübers fortführen zu können. Auf der anderen Seite war klar, dass es dadurch nicht leichter werden würde, etwas zu erfahren.

»Furchtbarer Typ!«, murmelte Ann-Sophie.

»Welcher von den beiden?«

»Na, dieser Massimo! Wobei, der Anwalt auch nicht so ohne zu sein scheint. Hat es nicht mal für nötig gehalten, sich namentlich vorzustellen!«

»Bestimmt geht er davon aus, dass ihm sein Ruf vorauseilt. Die Santoros holen sich für ihre Verteidigung bestimmt keinen dahergelaufenen Rechtsverdreher, sondern einen mit Rang und Namen. Wie auch immer dieser Name lautet.«

* * *

»Maniscalo heiße ich. Bitte entschuldigen Sie, dass ich vor lauter Eile gar nicht dazu kam mich vorzustellen. Hätten Sie auf mich gewartet, wäre mir dieser Fauxpas allerdings vermutlich gar nicht erst unterlaufen. Ist es in Ordnung, wenn wir die Befragung mit meinen beiden Mandanten gemeinsam fortführen? Sie möchten ohnehin von ihrem Recht zu schweigen Gebrauch machen und müssen weder sich selbst noch den jeweils anderen aufgrund ihres verwandtschaftlichen Verhältnisses belasten. So sparen wir sowohl Ihre, als auch meine wertvolle Zeit. Ich habe gehört, Sie haben ohnehin Wichtigeres zu tun, zum Beispiel den Mord an dem armen Cousin meiner Mandanten aufzuklären«, sagte der Anwalt.

Na toll, der war ja fast genauso giftig wie Massimo, nur konnte er es besser verpacken. Das Verhör nicht einzeln durchzuführen war ein klarer Nachteil, da wir die beiden Brüder so nicht in Widersprüche verwickeln konnten. Die Befragung beider gleichzeitig durchzuziehen war somit ein klarer Verstoß gegen das übliche Protokoll. Andererseits hatte der Schlipsträger vermutlich insofern Recht, dass die beiden so oder so schweigen würden und wir, egal ob in einem oder zwei Gesprächen, vermutlich rein gar nichts erfahren würden. Außer dem Anwalt würde wahrscheinlich niemand ein Wort sagen. Frustrierend.

»Ich sage es mal so. Wir können ja mal gemeinsam starten und weitere aufkommende Fragen dann separat im Einzelverhör klären.«

Ob dieser unkonventionellen Vorgehensweise warf mir Ann-Sophie einen Blick zu, der zugleich ihre Verwunderung, wie auch ihre Ablehnung gegenüber meiner Antwort zum Ausdruck brachte.

»Sehr gut. Dann möchte ich Sie darüber in Kenntnissenn setzen, dass meine Mandanten überlegen die Polizei zu verklagen.«

Ich musste mich verhört haben.

»Bitte was?«

»Wundert Sie das? Obwohl definitiv keine Gefahr für Leib und Leben bestand und meine Mandanten unbewaffnet waren, wurde auf sie das Feuer eröffnet. Marco wurde nur um Haaresbreite verfehlt. Er sagt, er hätte den Luftzug der Kugel spüren können.«

So ein Quark… von wegen Luftzug spüren können!

»Sie können noch von Glück reden«, fuhr der Anwalt fort, »dass niemand verletzt wurde. Sonst würden wir hier nicht so gesittet miteinander reden.«

Interessant, was er unter einer gesitteten Unterhaltung verstand.

»Herr…«

»Maniscalo!«

»Herr Maniscalo. Erstens haben weder ich noch meine Kollegin hier auch nur eine Kugel abgefeuert…«

»Dann sollten Sie Ihre anderen Mitarbeiter besser im Griff haben.«

»Zweitens«, fuhr ich ungerührt fort, »ist die Einschätzung ihrer beiden Mandanten ziemlich subjektiv. Es waren lediglich Warnschüsse, weil die Beschuldigten bei unserem Eintreffen sofort die Flucht antraten, was ja nun doch etwas verdächtig wirkte.«

»Von wegen Warnschuss! Der irre Schnauzbart hat direkt auf uns gezielt!« meldete sich nun Marco Santoro zu Wort.

»Drittens«, unterbrach ich ihn, »was fällt Ihnen eigentlich ein, sich hier in die Opferrolle zu drängen? Sie haben einen Unschuldigen schwer verletzt, gefesselt, gefoltert. Es steht Ihnen nicht zu, sich hier wegen der Art und Weise der Festnahme so zu echauffieren.«

»Escho… was?«, fragte Massimo.

»Doch, genau das steht ihm zu, *Senor Comissario*. Vor dem Gesetz sind nämlich alle gleich. Das sollten Sie ja wohl wissen. Das Gesetz schützt sogar Verbrecher. Nicht, dass es sich bei meinen Mandanten um solche handeln würde. Sie sind lediglich, wie sagt man hierzulande, besorgte Bürger, die zu Recht das Vertrauen in den Staat verloren haben. Ihr geliebter Cousin wurde unschuldig ermordet, hinterrücks abgestochen und die Polizei hat scheinbar keinerlei Erkenntnisse vorzuweisen. Da macht man sich doch Sorgen! Die beiden wollten nur bei der Aufklärung des Falls helfen. Immerhin haben sie den gesuchten Tatverdächtigen gefunden.«

»Ja, ganz zufällig beim Wandern«, murmelte ich.

»Herr Schultis war lediglich gesucht, ob als Zeuge oder Tatverdächtiger geht Sie nichts an«, konterte Ann-Sophie.

»Okay, von mir aus. Auf jeden Fall haben meine Mandanten ihn gefunden. Schneller als Sie. Vielleicht hätten Sie ihn ohne ihr Zutun gar nicht gefunden. Sicher sind meine Mandanten bei der Befragung des »Gesuchten« etwas über das Ziel hinausgeschossen. Aber sie haben soeben ein geliebtes Familienmitglied verloren und Sie wissen, wie wichtig Familie für die Santoros ist.«

»Moment. Nochmal fürs Protokoll: das heißt sie gestehen die schwere Körperverletzung?« Damit hatte ich jetzt nicht gerechnet.

Der Anwalt blickte seine beiden Schützlinge scharf von der Seite an.

»Ja«, murmelten beide darauf.

»*Si*, sie gestehen. Wir werden aber vor Gericht auf die besonderen Umstände hinweisen. Ansonsten werden sie von ihrem Zeugnisverweigerungsrecht Gebrauch machen und keinerlei weitere Fragen beantworten. Da meine Mandanten hier wohnhaft und geständig sind, besteht keine Verdunkelungs- oder Fluchtgefahr. Daher beantrage ich, sie bis zur Verhandlung auf freien Fuß zu setzen.«

»Vergessen Sie's! Wie Sie selbst gesagt haben, haben sich die beiden ungefragt in unsere Ermittlungsarbeit eingemischt und sozusagen Selbstjustiz vollzogen und dabei gleich zwei Männer, Jonas Messmer und Stefan Schultis, krankenhausreif geprügelt. Die beiden bleiben vorerst in Untersuchungshaft!«

»Nun gut. Das wird wohl ein Richter entscheiden müssen. *Mi dispiace, Gentiluomini*. Heute geht es wohl in die Zelle, aber ich werde dafür sorgen, dass sich dies bald ändert.«

»Das werden wir ja sehen.«

Die Santoros schienen so gar nicht zufrieden mit der Arbeit ihres Anwalts. Ob das mal nicht noch ein Nachspiel für ihn haben würde?

Das Riesenbaby, namentlich Bleron Iljasevic, war unsere letzte Hoffnung. Der war polizeilich ebenfalls nicht unbekannt, auf Bewährung wegen schwerer Körperverletzung und machte nicht gerade den hellsten Eindruck. Seine breite Boxernase zeigte, dass er auch schon einiges eingesteckt hatte. Obwohl ich mir nicht vorstellen konnte, wer sich trauen sollte, dem eins auf den Zinken zu geben. Vermutlich ging er irgendeinem Kampfsport nach, bei dem sich auch andere Schwergewichte tummelten.

Nach unseren Informationen war sein Vater serbischer Nationalist, Soldat und glühender Anhänger von Slobodan Milošević gewesen. Nachdem dieser 2001 abgewählt und von der neuen EU-freundlichen Regierung sogar an den internationalen Strafgerichtshof ausgeliefert wurde, war klar, dass Serbien nicht mehr das Land war, für das er bereit war zu sterben. Außerdem fiel er einer politischen Entlassungswelle beim Militär zum Opfer. Damals war es alles andere als leicht in Serbien einen Job zu bekommen. Dass die Familie Iljasevic daraufhin in die EU, namentlich Deutschland, floh, entbehrte nicht einer gewissen Ironie, war der Westen doch der Erzfeind des Regimes, das Iljasevic so schmerzlich vermisste. Diese Widersprüchlichkeit schien auf seinen Sohn übergegangen zu sein, der offensichtlich ein Prob-

lem mit »Türkenpack« hatte und sich selbst beziehungsweise seine politische Gesinnung als »rechts und stolz
darauf« bezeichnete. Dass er selbst Sohn eines Wirt-
schaftsflüchtlings und immer noch serbischer Staatsbürger in einem Land war, dessen Nationalität er nicht be-
saß, schien für seine Ansichten nicht weiter problema-
tisch zu sein. Auch die Zusammenarbeit mit Italienern
schien unproblematisch zu sein.

Iljasevic in seinem glänzenden, roten Jogginganzug
hatte es sich provozierend gemütlich auf dem Verhör-
stuhl gemacht, um seinen Hals, der locker den Umfang
von Ann-Sophies äußerst wohlproportionierten Schen-
kel hatte, baumelte eine protzige Goldkette. Seine Mus-
kelberge, die sich unter dem Jogginganzug spannten,
ließen ihn ungelenk und schwerfällig erscheinen.

Wir wollten eben mit dem Verhör beginnen, als ein-
traf, was (beziehungsweise wen) ich bereits befürchtet
hatte: Herr Maniscalo schritt voller Elan in den Raum
und teilte dem Muskelprotz salbungsvoll mit, dass er
seine Verteidigung übernehmen würde, ohne dass Bleron Iljasevic irgendwelche Kosten entstünden. Bestimmt
hatte das der alte Santoro eingefädelt und somit Il-
jasevics hündisch anmutende Loyalität der Familie Santoro gegenüber entlohnt.

Die Verteidigung bestand im Wesentlichen darin, Bleron Iljasevic davon abzuhalten, überhaupt irgendetwas
zu sagen. Stumpf käute er mit Maniscalos Hilfe das wieder, was wir eh schon wussten.

»Hoffentlich läuft das morgen mit Stefan Schultis besser«, sagte ich noch zu Ann-Sophie. Leider sollte ich eines Besseren belehrt werden.

* * *

Zurück zu Hause hatte ich vor, endlich mal wieder früh ins Bett zu gehen. Die letzten Tage waren anstrengend gewesen und die kommenden würden wahrscheinlich nicht besser werden. Nach einem kurzen Snack bei meinen Eltern (meine Mutter hatte noch Flädlesuppe übrig – wegen unseres Gastes natürlich mit Gemüse-, statt Rinderbrühe) und einem wohlig warm gefüllten Bauch, wollte ich es mir gerade in der Horizontalen gemütlich machen, auch wenn es erst kurz nach 8 war. So eine frühe Schlafenszeit war zwar gesellschaftlich nicht anerkannt, musste bei meinem stressigen Job aber ab und zu sein. *Work -Life Balance* und so.

Plötzlich drang vom Stockwerk tiefer eine penetrant fröhliche Damenstimme zu mir herauf: »Herzlich willkommen, meine lieben Zuschauer, zum diesjährigen Scheunenfest!«

Das durfte jetzt wohl nicht wahr sein!

Meine Großeltern waren wahrlich keine Fernsehjunkies, die Flimmerkiste lief eigentlich so gut wie nie. Es gab nur zwei Highlights im Fernsehjahr: die *Große Weihnachtsshow mit Carmen Nebel* an Heiligabend und *Bauer sucht Frau*. Ich werde das nie verstehen, wie man, wenn man eh den ganzen Tag nur mit Landwirtschaft zu tun hatte, abends auch noch eine TV-Sendung mit demselben Thema anschauen konnte (wobei ich mir jetzt nicht sicher war, ob der landwirtschaftliche Bezug bei *Bauer sucht Frau* wirklich so im Fokus liegt). Ich schaute mir in meiner Freizeit jedenfalls keine Krimis an. Da musste ich mich nur über den realitätsfernen Quatsch aufregen.

Prinzipiell sollte ja jeder tun und lassen was er will. Aber musste das in so einer Lautstärke sein?! Ich verstand wirklich jedes Wort – instinktiv blickte ich zur Seite, um mich zu vergewissern, dass sich Inka Bause auch wirklich zu dem »stattlichen Stierzüchter aus der Steiermark« und nicht aus Versehen zu mir begeben hatte. Ich hievte mich aus dem Bett. Es ging schließlich nicht nur um mich. Wir hatten ja einen Gast und auch Ann-Sophie sollte ihren Schlaf bekommen.

Wild gestikulierend trat ich in die Stube meiner Großeltern, die sich direkt unter meinem Schlafzimmer befand. »Könnt ihr ein bisschen leiser machen?«

»Ah, Wendelin, *Bauer sucht Frau* kunnt wiedda. Diesmol isch doch au einer usm Schwarzwald debii.«

»Leiser!«

Verständnislos glotze Oma mich aus den dicken Gläsern ihrer Fernsehbrille an, die sie aussehen ließ wie eine kleine Babyeule.

»Was sagsch?«

Man könnte ja denken, dass man, wenn man jemanden aufgrund der lauten Fernsehgeräusche nicht verstand, auf die Idee kommen könnte, den Fernseher etwas leiser zu stellen. Aber vielleicht hatte mein Vater den beiden die Tasten für die Lautstärkeregelung auch nie erklärt.

Verzweifelt brüllte ich: »KÖNNT IHR EIN BISSCHEN LEISER MACHEN? ICH VERSTEHE OBEN JEDES WORT!«

»Geh mol usm Bild, jetzt stelle sie grad den usm Schwarzwald vor«, brummelte Opa. »Ah guck mol, der het aber e Huffe Viecher.«

Es war hoffnungslos. Frustriert trat ich den Rückzug an, nicht ohne mir in Gedanken eine Notiz zu machen, mal mit meiner Mutter über Hörgeräte für Oma und Opa zu sprechen. Oder noch besser – Kopfhörer.

Kurz verharrte ich vor Ann-Sophies Zimmertüre. Ob sie bei dem Lärm schlafen konnte? Bestimmt war sie zu höflich, um sich darüber zu beschweren. Ich spielte kurz mit dem Gedanken, bei ihr zu klopfen, verwarf ihn dann aber gleich wieder. Wir würden uns ja in ein paar Stunden wiedersehen, sollte ich bis dahin nicht einen Nervenzusammenbruch durch Lärmbelästigung erlitten haben.

Freitag

Es fühlte sich an wie ein Déjà-vu – schon wieder das Waldkircher Krankenhaus, schon wieder starrten uns blutunterlaufene, verquollene Augen aus einem aufs übelste geschwollenen Gesicht entgegen.

»Herr Schultis, wie geht es Ihnen?« fragte ich, um dieses Mal die Befragung etwas charmanter zu eröffnen als bei Messmer.

»Wie soll's mir schon gehen?« brummelte Schultis. »Mir tut jeder einzelne Knochen weh. Ich hab heute Nacht kein Auge zugemacht.«

Das konnte ich nachvollziehen.

Nach Auskunft des behandelnden Arztes war Stefan Schultis zwar übel zusammengeschlagen worden, hatte jedoch nur Prellungen und Quetschungen davongetragen, keine Knochenbrüche. Eventuell durfte er das Krankenhaus sogar heute schon wieder verlassen.

»Sind Sie in der Lage, uns ein paar Fragen zu beantworten?«

»Wenn's sein muss.«

Immer diese Begeisterung, wenn wir jemandem Fragen stellen wollten...

»Kommen wir gleich zur Sache: Warum haben Sie sich in der Hütte versteckt?«

»Ich hab mich nicht versteckt. Ich wollte nur ein bisschen Abstand von dem Trubel der letzten Tage.«

»Im Februar? In einer Hütte ohne Strom?« fragte ich ungläubig.

»Ja, wissen Sie, *digital detoxing* und so. Und ein warmes Kaminfeuer ist sehr entspannend.«

Selten war mir so dreist ins Gesicht gelogen worden -
und dabei hatte ich gestern erst Massimo Santoro ver-
nommen.

»Meinen Sie das jetzt ernst?!«

»Beweisen Sie mir doch das Gegenteil. Und jetzt
würde ich Sie bitten, mich in Ruhe zu lassen. Ich habe
gerade extrem starke Kopfschmerzen!«

Ich war sprachlos ob dieser frechen Entgegnung.
Ann-Sophie zog mich zum Glück aus dem Zimmer,
denn ich war kurz davor, dem Gesicht eine weitere Bles-
sur zu verpassen – wäre ja nicht weiter aufgefallen.

* * *

»Der Schultis lügt, da bin ich mir zu hundert Prozent sicher!« Ich wetzte von einem Ende meines Büros zum anderen, als ob es gälte eine Furche in den Laminatboden
zu laufen.

»Sicher. Aber er hat doch überhaupt kein Motiv«, gab
Ann-Sophie zu bedenken.

Da klopfte es an der Bürotür. Draußen standen, aufgereiht wie Ernie und Bert, unser Chef Kurt Schondelmaier und der Bürgermeister.

Die beiden hatten mir zu meiner momentanen Laune
gerade noch gefehlt. Nicht, dass man das falsch versteht
- eigentlich hatte ich es sowohl mit meinem Chef, als
auch die Elzacher mit ihrem Bürgermeister sehr gut erwischt. Kurt Schondelmaier ließ mir zumeist vollkommen freie Hand und ich konnte schalten und walten, wie

ich wollte. Das Ergebnis war ja dann auch in den überwiegenden Fällen mehr als zufriedenstellend.

Auch Bürgermeister Michael Schmidt war ein angenehmer Zeitgenosse - wie sagt man so schön: »*ein Mann des Volkes*«, also ein Ur-Elzacher, der sich großer Beliebtheit erfreute. Sein Vorgänger, ein studierter Verwaltungsmann aus Mannheim – was auch immer so einen dazu bewog, sich hier als Bürgermeister aufstellen zu lassen – hatte die Sympathie-Latte allerdings auch nicht besonders hoch gehängt. Ich konnte mich noch sehr gut an sein äußerst verkniffenes Gesicht erinnern, wenn er bei einem Fasnetsumzug oder einer anderen Festivität ganz vorne mit dabei sein musste.

»Servus, zusammen!« nickte Schmidt uns zu. »Ah, Sie müssen die neue Kommissarin sein. Herzlich willkommen im schönen Elztal! Ihre Zeit hier beginnt ja schon äußerst ereignisreich. «

»Da haben Sie wohl recht.« Ann-Sophie reichte dem Bürgermeister ihre Hand. »Ann-Sophie Klett, sehr erfreut.«

»Die Freude ist ganz meinerseits«, erwiderte Schmidt. »Sodele, jetzt aber genug der Formalitäten. Wie ist der Stand bezüglich des *italienischen Schuttigs*?«

»Ja, also...«, ich versuchte möglichst positive Worte für unsere bisherigen Ergebnisse zu finden. »Es hat sich ja jetzt schon einiges getan. Wir haben Stefan Schultis eben befragt. Er ist nicht besonders gesprächig bisher. «

»War er es?«

»Naja, wir vermuten, dass er es eher nicht war.«

»Vermuten? Leute, ich brauche Fakten, keine Vermutungen!«, rief der Bürgermeister. »Auch wenn ich jetzt nichts dagegen hätte, wenn Schultis nicht der Täter ist. Das wäre ja ein riesiger Imageschaden – ein Narrenrat, der hinterrücks einen Schuttig ersticht! Und dann handelt es sich bei dem Schuttig auch noch um einen Waldkircher mit Mafiaverbindungen. Heutzutage denkt jeder, er könnte einfach so als Schuttig durch die Gegend laufen! Wo kommen wir da denn da hin?«

»Schlimm genug, dass bald unter jedem dritten Schuttig eine Frau steckt«, pflichtete ihm Schondelmaier bei.

Die beiden gehörten definitiv zur konservativen Strömung innerhalb der Elzacher Narrenzunft. Tatsächlich konnte, durch die Anonymität, in der sich die Schuttig in der Öffentlichkeit bewegten, im Prinzip jeder, ob Zunftmitglied oder nicht, als Schuttig unterwegs sein. Hatten wir ja bei unserem aktuellen Fall gesehen. Frauen waren mittlerweile weitestgehend akzeptiert, entgegen Schondelmaiers Aussage aber definitiv in der Unterzahl. Ebenso gab es Gerüchte, dass manch einer sogar von Norddeutschland anreiste, um über die Fasnetstage im roten Zottelkleid ordentlich die Sau rauszulassen.

»Also, ich denke, die Herkunft des Opfers sollte keine Rolle spielen!«, sagte Ann-Sophie nachdrücklich.

»Natürlich, natürlich, Frau Klett!«, wiegelte der Bürgermeister um politische Korrektheit bemüht ab. »Aber so ein unaufgeklärter Mord, im Haus eines stadtbekannten Mitbürgers und das auch noch an unserer geliebten und touristisch bedeutsamen Fasnet… die Elzacher sind mittlerweile sehr besorgt.«

»Und die Presse erst – die machen mir die Hölle heiß!«, ergänzte Schondelmaier.

Der Gedanke, dass irgendein Mörder mit einem verdammt langen Messer frei durch die Gegend streifte und hinterrücks Menschen beim Betreten der Wohnung abstach, noch dazu ohne für den Bürger nachvollziehbaren Grund, behagte den Menschen im ganzen Landkreis nicht. Die reißerische Lokalpresse tat ihr Übriges und die Elztäler wollten langsam mal etwas von einer konkreten Spur hören oder am besten gleich eine Festnahme im Fall des »*italienischen Schuttigs*«. War ja verständlich.

Schondelmaier fragte: »Die Mafia ist raus?«

»Ich fürchte, in diesem Fall schon. Die Santoros wollten wohl lediglich ihre eigenen Untersuchungen zum Tod ihres Cousins anstellen.«

»Ich habe vollstes Vertrauen in euch. Aber so langsam müssen Ergebnisse her. Im Idealfall ohne Beteiligung ehrenwerter Elzacher Bürger.«

»Wie gesagt, wir geben unser Bestes. Aber es hapert halt noch am Motiv«, musste ich frustriert zugeben.

»Nur weil Sie noch kein Mordmotiv gefunden haben, heißt es nicht, dass es keines gibt. Offensichtlich muss ja jemand ein Motiv gehabt haben, das Sie nicht kennen«, ergänzte Kurt Schondelmaier, der alte Besserwisser.

Ich seufzte nur. Denn wenn ich ehrlich war, hatten wir zum aktuellen Zeitpunkt nicht nur kein Motiv, sondern auch sonst nichts, nicht mal eine Tatwaffe. Aber

Schondelmaier hatte ja vollkommen Recht, es gab augenscheinlich irgendwo da draußen einen Mörder, mit Tatwaffe, Motiv, DNS und allem was dazugehörte. Nur wir hatten bisher darin versagt, ihn dingfest zu machen.

Nachdem der Chef und der Bürgermeister, nicht ohne noch einmal zu wiederholen, dass wirklich ganz dringend ein Ermittlungsergebnis hermusste, den Rückzug angetreten hatten, verzog sich Ann-Sophie für eine kleine Yogaeinheit ins »Kämmerle«, das uns als Asservatenkammer diente. Da bei uns allerdings eher selten Asservate anfielen, diente der Raum als Aufbewahrungsort für alles Mögliche.

Ich saß immer noch frustriert an meinem Schreibtisch und hing meinen Gedanken nach, die wirr um den Fall kreisten, als nur eine Minute später Ann-Sophie zurück in mein Büro geeilt kam.

»Na, das ging aber schnell.«

»Was ist das?«, fragte sie und hielt mir eine kunstvoll geschnitzte, bunte Holzmaske mit großen Augen und einem breiten Grinsen vor das Gesicht.

»Das ist eine balinesische Drachenmaske.«

»Und was hat die in der Asservatenkammer verloren?«

»Nun ja, wir hatten da vor ein paar Jahren mal einen Fall, da ging es um einen Ritualmord. Das Opfer wurde nach balinesischer Art aufgebahrt. Davor hatte man es auf übelste Art und Weise zu Tode gefoltert. Der Täter hatte wohl vor, die Genitalien des Mannes zu verspeisen. Ich sage Ihnen, im Schwarzwald, da passieren Sachen…«

Ann-Sophie blickte mich aus großen Augen an. »Wirklich?«

Ich lachte. »Nee nee, ich hab Sie nur veräppelt... Die Maske habe ich von einer Weltreise mitgebracht. Keine Ahnung, wie die hier gelandet ist. Ich glaube, wir haben sie mal an der Weihnachtsfeier für einen Sketch verwendet.«

Ann-Sophie schien wohl zu überlegen, was sie sich eher als der Wahrheit entsprechend vorstellen konnte: einen balinesischen Ritualmörder im Schwarzwald oder mich als Weltreisenden.

»Das hätten Sie mir altem Dorftrottel wohl nicht zugetraut, was?«, fragte ich gezielt provokant. Aber eigentlich war ich zu müde und zu frustriert, um es auf einen wirklichen Streit anzulegen.

»Naja, Sie überraschen mich immer wieder. Manchmal sogar zum Positiven.« Das war wohl ihre Art Komplimente zu machen. »Erzählen Sie doch mal. Wo waren Sie überall unterwegs und für wie lange?«

»Ach der Klassiker... Nach dem Abi habe ich für neun Monate meinen Rucksack gepackt. Erst nach Asien, Thailand und Bali, dann weiter nach Australien und Neuseeland. War ne tolle Zeit damals«, antwortete ich wehmütig.

»Sie waren ganz allein unterwegs?«

»Naja, als Backpacker lernt man ziemlich schnell neue Leute kennen.«

Dass mich Steffi in Australien besucht hatte und wir ein äußerst romantisches Weihnachtsfest am Strand verbracht hatten, ließ ich instinktiv mal lieber aus.

»Und wie ist es mit Ihnen? Waren Sie nach dem Abitur auch unterwegs?«,

»Nein, nein, ich habe sofort mit der Polizistenausbildung angefangen.« War ja klar, dass ich hier eine kleine Streberin vor mir hatte.

Zögernd, so als ob es sie Mühe kostete, über ihr Privatleben zu reden, ergänzte sie: »Aber nach meinem Studium habe ich mit meinem damaligen Freund, also meinem Exmann, einen Roadtrip durch Kanada gemacht. Das war wirklich ein Erlebnis.«

»Das glaube ich.«

Was?! Da redete sie endlich mal ein bisschen über sich und dann musste sie gleich so einen Hammer raushauen? Sie war mit ihren nicht mal 30 Jahren bereits geschieden? So einige, die ich aus meinem Bekanntenkreis kannte, hatten es in diesem Alter noch nicht mal zu einer mehrjährigen Beziehung geschafft.

Ich musste mehr herausfinden.

»Wo ist denn Ihr Ex-Mann abgeblieben?«

»Darüber rede ich nicht gern.«

Hatte sie etwa wegen ihm letztens auf dem Bänkle so betrübt gewirkt?

»Sind Sie deshalb aus Vaihingen weg?«

Ann-Sophie bedachte mich mit einem scharfen Blick, der eindeutig besagte, dass ich gerade dabei war, eine deutliche Grenze zu überschreiten.

»Ich mach jetzt Yoga. Haben Sie nicht auch was zu tun?«

»Na gut, dann bringen Sie die Maske mal wieder an Ihren Platz und machen Sie Ihre Verbiegungen. Ich kümmere mich um den Papierkram, der die letzten Tage aufgelaufen ist. Sollte Ihnen das Yoga einen Geistesblitz bezüglich unseres toten Schuttigs bescheren, wissen Sie ja, wo Sie mich finden.«

Nach dem Ann-Sophie gegangen war und ich weiterhin keinen zündenden Gedanken finden konnte, wie wir schnell weiterkommen könnten, beschloss ich Mittagspause zu machen. Manchmal brauchte das Hirn einfach ein wenig Nahrung.

Ich schnappte mir meine Tupperbox und verließ das Büro, um an der frischen Luft etwas Energie zu tanken. Direkt vor dem Eingang gab es, neben dem obligatorischen Rauchereck, eine kleine Bank, auf die ich mich erschöpft sinken ließ. Wie meistens war man im Radius des Mülleimers mit integriertem Aschenbecher nicht allein - was oft nett war, wenn einem nach Plaudern zu Mute war und weniger nett, wenn man kein Verlangen nach belanglosem Small Talk in einer Rauchwolke hatte und einfach in Ruhe und ohne olfaktorische Belästigungen sein Vesper genießen wollte. So wie ich heute.

Dass dieser Wunsch heute nicht in Erfüllung gehen würde, war mir klar geworden, sobald ich Martina erblickte, die sich gerade eine Kippe anzündete. Die dralle Mittfünfzigerin war die langjährige Sekretärin von Schondelmaier und meist sehr gesprächig. Um klar zu machen, dass ich nicht weiter an einem Gespräch interessiert war, fixierte ich nach einer kurzen Begrüßung mein mitgebrachtes Vesper, packte mein Wurstweckle aus und biss herzhaft hinein.

»Du weißsch schu, dass des nid gsund isch, gell?«
Verdammt, konnte man eigentlich nirgends mehr einfach gemütlich etwas essen, ohne dass irgendwer seinen
Senf dazu geben musste? Ich fand das mit dem Veganismus ja auch echt ehrenwert und toll für die Umwelt,
aber jetzt hatte ich wirklich keinen Bock auf so eine Dis-
kussion.

Mit einem genervt-fragenden Blick musterte ich Martina. Dabei erinnerte ich mich, dass sie bei der Weihnachtsfeier definitiv keine Vegetarierin oder sonst was
gewesen war. War es vielleicht das böse Gluten im Wei-
zenmehl?

Als ich gerade einen zweiten Bissen nehmen wollte,
erparte mir ihre schrille Stimme weitere Spekulationen.

»So Kunststoffverpackungen sin gonz schlimm, het
ma rusgfunde.«

Irritiert blickte ich auf mein Weckle, das ich in der Tat
in Frischhaltefolie eingewickelt hatte, weil ich mein Vesper immer schon am Vorabend richtete und das Weckle
sonst trocken wurde.

»Da könne sich in Spure so Stoffe löse, die donn in die
Lebensmittel übergehe. Des konn die Fruchtbarkeit
schädige und sogar Krebs verursache, weißsch.«

Ich erstarrte in meiner Bewegung und konnte nicht
anders, als sie mit halb geöffnetem Mund anzustarren.
Immer wieder wanderte mein Blick ungläubig zwischen
Martinas Mund, aus dem diese Worte zusammen mit einem kleinen weißen Wölkchen gequollen waren und ihrer Zigarette hin und her.

»Eigentlich sott ma ja gar nix meh in Plastikverpackunge kaufe, aba des isch halt schu schwer, gell?«

Mir reichte es für heute. Ich pfefferte mein Wurstbrot samt gefährlicher Folie in die Tupperbox und stand ohne ein weiteres Wort zu sagen auf. *Life is confusing and people are insane* kam mir der Liedtitel meiner Lieblingscountryband Langhorne Slim in den Kopf. Heute war einfach nicht mein Tag. Ich war genervt, dünnhäutig, wir kamen nicht weiter und daran würde sich heute auch nichts mehr ändern. Also beschloss ich, trotz allen Drucks, an diesem Freitag zeitig Feierabend zu machen. Ich kann mir irgendwelche Ermittlungsergebnisse ja auch nicht aus dem Arsch ziehen und bis die Ergebnisse der ITF, Spurensicherung oder Gerichtsmedizin eintrudelten, würde sich wohl nichts mehr an der Situation ändern.

Nie hätte ich gedacht, dass sich diese Einschätzung schon ein paar Stunden später als so falsch herausstellen würde.

* * *

Abends zurück zuhause wollte Ann-Sophie für meine gesamte Familie kochen, so als Dankeschön dafür, dass sie hier vorübergehend hatte wohnen können. Ich vermutete ja insgeheim, sie wollte Überzeugungsarbeit leisten, was die Veganerfront anging. Auf jeden Fall ahnte ich Schlimmes. Opa Erwin war bereits etwas schlecht gelaunt, da er mit dem Essen bis 18.30 Uhr hatte warten müssen. Seit nun sage und schreibe 91 Jahren hatte das

Abendessen immer pünktlich um 17.30 Uhr auf dem Tisch zu stehen. Gegessen wurde nämlich traditionellerweise vor der abendlichen Stallarbeit. Und sowas geht einem dann halt nach so vielen Jahren in Fleisch und Blut über, auch wenn man danach gar nicht mehr in den Stall muss.

Ann-Sophie hatte eine beträchtliche Menge an Gemüse kleingeschnippelt. Es sollte eine asiatische Gemüsepfanne mit Tofu geben.

»Asiatisch? Isch da Hund drin?« Misstrauisch beäugte Opa Erwin die gelbliche Pampe auf seinem Teller, so als erwarte er, das Halsband des Nachbarshundes irgendwo unter dem Gemüse zu entdecken.

»Natürlich nicht. Die Ann-Sophie isst doch kein Fleisch! Schwätz jetzt bitte kein so Blödsinn daher.«

»Es schmeckt ganz vorzüglich. Wie hast du denn den Tofu mariniert?«, fragte mein Vater. Schwamm der neuerdings auf der grünen Welle oder seit wann war der so sachkundig?

Auch meine Mutter war leicht irritiert, kaute aber weiterhin ohne mit der Wimper zu zucken auf ihren Tofuwürfeln herum. Ich brachte dieses komische, geschmacklose braune Zeug nicht hinunter.

Der Rest war aber erstaunlicherweise gar nicht so übel oder wie Oma sagte: »Ma konns esse«.

Das war fast schon ein Kompliment aus ihrem Mund – gerade, wenn man bedachte, dass für sie selbst italienisches Essen zu exotisch war, um auch nur in Erwägung zu ziehen, jemals eine Pizzeria zu betreten.

In diesem Moment kam mal wieder unangemeldet die Joosenbäuerin in die Stube. Die Haustüre abzuschließen, hielt man hierzulande oft noch für übertrieben.

»Sagemol, bei euch riechts aber komisch.«

»Willsch mol probiere, Maria? Des isch asiatisch.« Meine Mutter schob die Pfanne in ihre Richtung.

»Nein danke, ich hob schu gesse. Ich will euch ja nit störe, aber ich dät doch gern wisse, obs mittlerwiil was Neues git, von dem tote Idaliener.« Maria ließ sich auf die Eckbank plumpsen. »Ischs jetzt halt doch d'Mafia gsi, oder? Ich hobs jo glii gsait! De Stefan, der konn doch niemals e Mörder sii. Aber wo war er denn jetzt die gonz Zit? Des isch halt au wieder verdächtig…«

»Maria, du weißt, dass wir keine Informationen zu laufenden Ermittlungen rausgeben dürfen.«

»Mensch Wendelin, jetzt bin doch nit immer so korrekt!«

»Vorschriften sind nun mal Vorschriften!«, ergänzte Ann-Sophie mit ihrem Lieblingsspruch und schob sich genüsslich ein Stück Chicorée in den Mund. »Wollen Sie wirklich nicht probieren, Maria? So was haben Sie bestimmt noch nie gegessen.«

Das glaubte ich sofort.

Die Joosenbäuern ignorierte das Angebot gekonnt. »Echt traurig, dass de Stefan in so e Gschicht verwickelt isch. Vor kurzem hob ich de Philipp im Edeka troffe, der war jo ganz nebe sich. De Stefan het sich doch immer wie e Ersatzvater um ihn kümmert, sit siini Eltere …«

Ich hatte nur mit halbem Ohr zugehört, da ich vollauf damit beschäftigt war, den Tofu in meinem Teller zu umschiffen.

»Moment mal! Von welchem Philipp reden Sie?« Ann-Sophies Aufschrei holte mich in die Gegenwart zurück.

»Ja, der Leinert Philipp natürlich. Wendelin, du kennsch doch die Gschicht. So e schreckliche Sach dedmols!«

Philipp Leinert?! Da fiel auch bei mir der Groschen. Sollte es etwa um ihn gegangen sein, bei dem Streit zwischen Schultis und Messmer?

»Schluss mit Gemüsegeknabbere, den Philipp müssen wir sofort unter die Lupe nehmen!«

»Oh, jetzt sofort?«

Ja, nichts wie weg von der Tofupfanne!

»Besser ist es. Nicht, dass Gefahr im Verzug ist oder so.« Hastig schlang ich die letzten Bissen hinunter, schnappte mir die Ann-Sophie und eilte mit ihr zum Auto.

* * *

Auf dem Weg zu Familie Leinert erzählte ich Ann-Sophie deren tragische Geschichte, die an der Fasnet 2009 alle erschüttert hatte.

Paul Leinert, Philipps Vater, war kein besonders geselliger Mensch. Er genoss mehr die Ruhe der Natur als den Trubel und wäre nie auf die Idee gekommen sich an Fasnet in ein albernes Kostüm zu zwängen und zu den ganzen Besoffenen in überfüllte Kneipen zu sitzen -

nicht mal am Rosenmontag. Nach der Arbeit in einer na-hegelegenen Firma für Präzisionsdrehteile und dem an-schließenden Abendbrot im Kreise der Familie, war er noch mal eine große Runde laufen gegangen.

Doch von dieser Runde sollte Paul Leinert nie mehr heimkehren. Nach vielen Telefonaten und ausgiebiger Suche rief seine Frau gegen 2 Uhr nachts bei der Polizei-dienststelle an und meldete ihren Mann als vermisst. Martin war damals der diensthabende Polizist. Eine Großfahndung nach einer erwachsenen Person war nach nicht einmal 12 Stunden noch nicht möglich und die Polizei in den fasnächtlichen Tagen ohnehin perso-nell am Limit. Trotzdem erklärte Martin sich bereit, zu Frau Leinert zu fahren und ihr bei der nächtlichen Suche nach Paul zu helfen. So gingen sie, zusammen mit dem Sohn Philipp, damals 13 Jahre alt, auf die Suche. Irgend-wann schritten sie auch die Teerstraße nahe der Breit-ebene ab, die von Biederbach nach Hofstetten führte. Trotz dunkelster Nacht war die Blutspur, die sich von der Straße in den Wald hineinzog, nicht zu übersehen. Der Aufprall musste gewaltig gewesen sein, Paul Lei-nert war viele Meter weit geschleudert worden. Für ihn kam jede Hilfe zu spät.

Ein halbes Jahr später fand Philipp Leinert seine Mut-ter an einem Dachbalken hängend. Sie hatte den Tod ih-res Mannes und die danach auf sie zukommenden fi-nanziellen Probleme nicht mehr verkraften können.

»Wie furchtbar! Der arme Junge! Und wie ging es dann für ihn weiter?«

»Philipps Tante und Onkel, haben sich um ihn ge-kümmert. Sie wohnen zusammen mit Philipp im Bieder-bacher Dorf. Jetzt, wo ich darüber nachdenke, habe ich Philipp ab und zu zusammen mit Stefan Schultis gese-hen. Der Junge war aber immer sehr unscheinbar. Kein Wunder. Mehr weiß ich allerdings auch nicht über ihn.«

Patrizia und Cedric Kuri waren über den abendlichen Besuch zweier Kripobeamten sichtlich beunruhigt, auch wenn Ann-Sophie nicht müde wurde, zu betonen, dass man ihrem Ziehsohn lediglich ein paar Fragen stellen wollte. Dass man Philipps Tante und Onkel erst mal nicht genau erklären wollte, worum es ging, sorgte bei Herrn Kuri zwar für wenig Verständnis, aber man war natürlich trotzdem sofort bereit den mittlerweile 23-jäh-rigen Sohn, der sich wie üblich in sein Zimmer zurück-gezogen hatte, herzurufen.

Doch trotz mehrerer lauter Rufe gab Philipp kein Le-benszeichen von sich, was die Situation für die Kuris au-genscheinlich noch unangenehmer machte. Schließlich wäre Philipp sonst nicht so und das wäre ja ganz unty-pisch für ihn. Offensichtlich glaubten sie, es würde als Zeichen schlechter Erziehung gewertet werden – dabei drängte sich einzig der Eindruck auf, dass sie Philipp noch nicht ganz als den Erwachsenen sahen, der er nun doch schon ein paar Jahre war. Vermutlich schliff sich dieses überbehütende Verhalten von alleine ein, wenn man ein Kind aufnahm, dass so viel hatte durchmachen müssen und dessen fragile Psyche man keinesfalls wei-teren Belastungen aussetzen wollte.

Da wir Philipp ja ohnehin unter vier bzw. sechs Augen befragen wollten und nicht in Anwesenheit seiner Pflegeeltern, war es für uns in Ordnung, dass er in seinem Zimmer blieb und wir uns dorthin auf den Weg machten.

Der von alten Familienfotos und gräulichen Raufasertapeten gesäumte Flur endete alsbald vor einer verschlossenen Zimmertür, vor dessen Betreten ausdrücklich mit einem schwarzgelben Poster im Stil eines Warnschilds gewarnt wurde. Alles Klopfen, Rütteln und Rufen blieb vollkommen unbeantwortet. Kein Laut drang aus dem Zimmer, was latente Panik in Frau und eine gewaltige Wut in Herrn Kuri aufkommen ließ.

Da Frau Kuri nach wie vor nicht aufhörte zu betonen, wie untypisch, unerklärlich und besorgniserregend das war, nahm ich sie beim Wort und beschloss mir mit Muskelkraft Zutritt zu dem Zimmer zu verschaffen. Vielleicht war ja tatsächlich Gefahr im Verzug.

Im Film wurden so Türen ja immer eingetreten oder aufgerammt als wären die aus Pappe. Da die Tür am Kopfende des schmalen Flures lag, ich also gut Schwung holen konnte, und die Tür weder qualitativ hochwertig, noch neu aussah, beschloss ich den Anwesenden zu zeigen, was ein echter Kerl war. Dummerweise hatte ich mir wohl beim dritten Anlauf gegen die Tür die Schulter etwas ausgekugelt. Obwohl ich den Schmerzensschrei mit der Selbstbeherrschung eines Samurai unterdrückte, schien mein Gesichtsausdruck und die ganze Show-Einlage in Ann-Sophies Augen eher Mitleid als Bewunderung hervorzurufen. Man sah ihr förmlich an, dass sie kurz davorstand, mich zu bitten es sein zu lassen, die Feuerwehr zu rufen oder, im schlimmsten Fall vorzuschlagen, ich sollte sie mal versuchen lassen. Also trat ich mit wilder Wut, welche die Aussicht auf die folgenden Demütigungen in mir entfacht hatte, auf die verdammte Tür ein und, Gott sei Dank, beim dritten Tritt krachte irgendetwas und die Tür flog auf und ich mit ihr ins Zimmer. Zum Glück landete ich sanft auf einem schmalen Bett.

Philipps Zimmer war ziemlich klein und sah nach wie vor aus, wie das Zimmer eines Jugendlichen. Neben kleineren Plakaten von irgendwelchen Computerspielen dominierte ein Fan-Poster und eine schwarze Flagge der Band »Linkin Park« die Wände. Abgesehen von einem schmalen, dünnen Regal mit einer Stereoanlage und einer Handvoll verstaubter Bücher und Ordner, gab es noch einen halboffenen Schiebetüren-Schrank. Vielleicht existierte irgendeine Art System für die Kleider, die sich in diesem Schrank befanden. Falls ja, war es auf den ersten Blick jedenfalls nicht erkennbar. Dominiert wurde der Raum ganz klar von einem Schreibtisch mit Drehstuhl, auf dem gleich zwei 22-Zoll-Flachbildschirme thronten. Darunter stand ein schwarzer Desktop-PC, der im angeschalteten Zustand vermutlich in irgendeinem spacigen Grün oder Rot leuchten würde.

Das auffälligste und entscheidendste in dem Raum war aber, dass er, abgesehen von den Klamotten auf dem Boden und den üblichen Requisiten, leer war.

Nach kurzer Schockstarre lief Herr Kuri sofort zu dem offenstehenden Fenster hinter dem Schreibtisch und schrie Philipps Namen in die Dunkelheit des Abends. Der Raum lag im ersten Obergeschoss, darunter breitete sich eine schrägabfallende, noch betrüblich winterliche Rasenfläche bis hin zur Garage aus. Da konnte man theoretisch runterspringen... musste man aber nicht.

Ich jedenfalls wollte mich eben auf den Weg zur Treppe machen, da bemerkte ich, wie Frau Kuri sich nach einem College-Block bückte. Er hatte vermutlich auf dem Bett gelegen und war durch meine kühne Action-Einlage heruntergefallen.

Die geweiteten Augen in ihrem immer bleicher werdenden Gesicht ließen nichts Gutes vermuten. Ann-Sophie musste sanfte Gewalt anwenden, um die Botschaft auf dem Block so zu sich zu drehen, dass sie diese ebenfalls lesen konnte. Vermutlich hätte sie Frau Kuri den Block am liebsten abgenommen, aber Patrizia Kuris Hand hatte sich wie ein Schraubgewinde in den Block gekrampft und ihre Lippen murmelten apathisch, aber stumm die Worte der Botschaft wieder und wieder, ohne vollständiges Begreifen auszulösen.

»Das ist ein Abschiedsbrief«, japste Ann-Sophie, weniger sensibel als ich es von ihr gewohnt war, aber dafür blieb jetzt auch keine Zeit. »Haben Sie eine Ahnung, wo Philipp hin sein könnte?«, ergänzte sie sofort.

Philipps Onkel und Tante starrten nur fassungslos vor sich hin und brachten kaum einen klaren Satz heraus. Was sie sagten, ließ jedenfalls nicht vermuten, dass sie eine konkrete Ahnung hatten.

»Was steht da genau? Geben Sie her!«, herrschte ich Frau Kuri an und entriss ihr den Brief, den ich schnell überflog.

Der Brief war an Patrizia und Cedric adressiert. Offensichtlich war das Verhältnis der Kuris zu Philipp wirklich gut, auch wenn man es mit ihm sicher nicht immer leicht hatte, wie er auch selbst in den nachfolgenden Sätzen zugab. Und dass sie sich keine Vorwürfe machen sollten. Auch wenn sie ihn nie verstanden hatten, wie Philipp schrieb, aber das hätte niemand. Die Lehrer nicht, die wenigen Freunde nicht, die Arbeitskollegen nicht und noch nicht mal der »scheiß Psychofutzi«, obwohl Leute zu verstehen ja dessen Job war. Der Einzige, von dem Philipp geglaubt hatte, dass er die Leere, die er in sich trug, verstand, der einfach für ihn da war, ohne ihm irgendwelche bescheuerten Tipps oder Ratschläge zu geben, wie alles wieder gut werden sollte oder wie er sein »beschissenes Leben« in den Griff kriegen konnte, war Stefan Schultis gewesen.

Die nachfolgenden, von Hass triefenden und immer verworrener werdenden Zeilen über Stefan passten aber wenig zu den fast schon liebevollen Worten davor. Es war von Verrat die Rede und von Schuld. Was diesen Bruch in der Freundschaft der beiden ausgelöst hatte, erschloss sich uns aus dem Brief aber nicht.

Der Text endete mit den Worten: »Es tut mir leid, wirklich unvorstellbar leid – alles. Bitte verzeiht mir, Philipp.«

Einen Hinweis, wohin Philipp auf dem Weg war, gab es nicht – zumal auch unklar war, wie lange er schon weg war.

Aber unser Auto parkte in Sichtlinie des Fensters und es war gut möglich, dass Philipp sich erst endgültig dazu entschlossen hatte, seinem Leben ein Ende zu setzen, denn das war laut Abschiedsbrief sein Plan, als er uns Polizisten vor dem Haus aufkreuzen sah. Wir kannten uns nicht näher, aber vermutlich wusste er, dass ich Kommissar war. Dafür sprach jedenfalls die Tatsache, dass er wohl aus dem Fenster gesprungen war. Sonst hätte er, selbst wenn es für ihn untypisch gewesen sein mochte, unter irgendeinem Vorwand oder einfach ohne die Fragen seiner Familie zu beantworten, das Haus auch durch die Eingangstür verlassen können.

Bei dem Gedanken, womöglich der Auslöser für den Tod eines jungen Menschen zu sein, zog sich mir der Magen zusammen und ich hastete so schnell ich konnte aus dem Haus.

Wohin ging jemand, der Selbstmordabsichten hegte?

Per Funk verständigte ich sofort die Zentrale. Mir fiel ein Selbstmordversuch ein, der schon einige Jahre zurücklag.

Ich blickte auf meine Armbanduhr. Der letzte Zug ins Elztal fuhr in circa 20 Minuten am Elzacher Bahnhof ein. Einige Kollegen sollten die nahegelegenen Gleise und Bahnhöfe absuchen… das war in der Kürze der Zeit kein wirklich sinnvoller Plan, aber der erstbeste der mir einfiel. Besonders viele hohe Brücken und Türme gab es hier in der Gegend nicht.

Während die Kuris verzweifelt seinen Namen in die Nacht schrien und wie verrückt die Straße entlangliefen, schien Ann-Sophie meinen eben gefassten Gedanken erraten zu haben.

»Er könnte mit dem Mountainbike abgehauen sein. Er hat kein eigenes Auto und wäre vermutlich auch gar nicht unbemerkt an den Autoschlüssel der Kuris gekommen. Scheinbar ist Mountainbiken eh sein größtes Hobby. Das Rad scheint schwarz zu sein und von der Marke *Scott*«. Ann-Sophie hielt mir ein gerahmtes Foto von Philipp bei irgendeinem Mountainbike Cup vor die Nase, das wohl bis eben noch in irgendeinem Regal gestanden hatte.

»Danke«, erwiderte ich kurz angebunden und befahl sofort per Telefon eine Straßensperre an den Ortsausgängen von Biederbach einzurichten und generell jeden Fahrradfahrer auf den Philipps Beschreibung halbwegs passte, abzufangen und zu kontrollieren, nicht ohne dabei eine unüberhörbare Irritation bei meinem Gesprächspartner hervorzurufen.

Jetzt musste man leider sagen, dass das obere Elztal nicht New York war, wo zehn Streifenwagen in der Nähe patrouillieren oder zum Abruf bereitstehen, um spontan Straßensperren zu errichten. Die Elzacher Polizeiwache machte um 17 Uhr die Schotten dicht und normalerweise fuhr, wenn überhaupt, maximal eine Streife durchs Tal. Somit war mein Aktionismus zwar gut gemeint, aber auch eher utopisch.

Im nächstgrößeren Ort, dem 20 Kilometer entfernt liegenden Waldkirch, war sicher der ein oder andere Kollege auf Abruf bald vor Ort, aber bis Verstärkung aus Emmendingen oder gar Freiburg hier sein würde, war es womöglich schon zu spät. Und vor allem… wo sollten sie denn hinkommen? Philipp konnte theoretisch überall sein und jeden einzelnen der unzähligen Wege, die sich durch den Wald schlängelten, konnte man nun mal nicht kontrollieren.

Wenn es überhaupt jemanden gab, der uns jetzt vielleicht sagen konnte, wohin Philipp geflüchtet war, dann war es wohl Stefan Schultis, sein Ersatzvater. Ich hoffte flehentlich, dass er sich dieses Mal ausnahmsweise kooperativer verhalten würde.

Hektisch wählte ich Martins Nummer, nur um mir von ihm schnell die Nummer von Schultis geben zu lassen. Das ging relativ zügig und kostete doch unnötige Zeit.

»Stefan Schultis, hallo«, meldete sich der vermeintliche Retter in der Not nach dem vierten Klingeln.

»Hier Wendelin Wisser. Ich muss Sie in einer dringenden Angelegenheit sprechen. Es geht um Philipp Leinert.«

»Um Philipp?! Was ist mit ihm? «, fragte Stefan sogleich beunruhigt.

»Wir sind der Annahme, dass er sich etwas antun könnte. Kennen Sie Orte, die ihm vielleicht etwas bedeuten, wo er gerne Zeit verbringt?«

»Was?! Nein, da fällt mir nichts ein!«, rief Stefan entsetzt.

»Herrgott, jetzt denken Sie halt mal richtig nach!"
»Vielleicht... vielleicht der Hünersedelturm. Da radelt
er gerne hin. Aber jetzt, mitten in der Nacht?!«
»Danke, Sie haben uns sehr geholfen.«
»Stopp! Aber Sie müssen mir doch...«
Für Erklärungen war jetzt keine Zeit.

* * *

Den Hünersedelturm erreichte man von Biederbach aus
über die Selbig, eine Hochebene mit verstreut liegenden
Bauernhöfen, von der man tags einen wunderschönen
Blick auf die umliegenden Gipfel, wie den Rohrhards-
berg oder die auf dem Hörnleberg thronende Wall-
fahrtskappelle, hatte. Nachts war die enge, kurvenreiche
Strecke eine Herausforderung, doch Ann-Sophie und
ich preschten in Höchstgeschwindigkeit durch die Dunkelheit, vorbei am Wanderheim Kreuzmoos, immer weiter durch den Wald – die geteerte Straße hatten wir
längst hinter uns gelassen – Wurzelstöcke und Schotter
schüttelten uns durch, bis wir den Bergkiosk erreicht
hatten. Von dort führte der Weg noch etwa 800 m bis
zum Fuße der Kuppe, auf der der Hünersedelturm
thronte.

Als ich plötzlich eine rot-weiße Schranke im zitternden Licht unserer Scheinwerfer erblickte, war es schon
fast zu spät. Keine zwei Meter vor dem Schlagbaum kam
unser Wagen schlitternd zum Stehen. Die letzten hundert Meter von der Schranke bis zum Aussichtsturm

gingen noch einmal sehr steil hinauf. Wir stürzten aus dem Auto und sprinteten los.

Ich hatte Ann-Sophie auf der Kurzstrecke keine wirkliche Chance gegen mich zugestanden, doch sie legte ein Tempo vor, mit dem ich nur mit Müh und Not mithalten konnte. Auf den letzten Metern schaffte ich es, in Führung zu gehen. Oben angekommen, hatte ich erstmal das Bedürfnis, die asiatische Gemüsepfanne wieder auszukotzen. Als ich mit auf den Knien aufgestützten Händen nach Luft rang und so auf den Boden sah, fiel mein Blick auf Ann-Sophies Ballerinas. Wie konnte man in diesen Schühchen nur so sprinten?!

»Da... da steht das Fahrrad!«, japste ich, mühsam nach Luft ringend. Meine Lunge brannte wie Feuer.

»Ja, ich sehe es. Aber von Philipp keine Spur.« Ann-Sophie schien kaum außer Puste zu sein.

»Philipp?«, rief sie in die Nacht.

Niemand antwortete, doch ich meinte, oben auf dem Turm plötzlich Geräusche zu vernehmen.

Der Hünersedelturm war ein etwa 30 Meter hohes Konstrukt aus Holz und Stahl, das sich majestätisch vor uns in den Nachthimmel bis über die Spitzen der dunklen Tannen erhob, von denen der Turm in gebührenden Abstand umringt war. Von der obersten der drei Plattformen hatte man bei schönem Wetter einen herrlichen Rundumblick auf den Schwarzwald und die Rheinebene, bis hinüber zu den Vogesen und manchmal sogar bis zum Schweizer Jura.

Jetzt konnte man die Siedlungen unten in der Ebene jedoch nur erahnen. Hier und da blitzten vereinzelt Lichter in die Schwärze der Nacht.

Schnaufend hatten wir die erste der drei Zwischenplattformen erreicht.

»Philipp, bist du hier? Ich bin's, Wendelin Wisser. Ich möchte nur kurz mit dir reden. Vielleicht kann ich dir helfen«, rief ich.

»Mir kann niemand mehr helfen.« Leise und verzweifelt drang die Stimme von oben zu uns herab. »Bleibt unten!«, ergänzte sie zaghaft.

»Wir verstehen dich doch. Es ist schrecklich, was du mitmachen musstest.«

»Ihr habt doch keine Ahnung!«

Leise arbeiteten wir uns zur zweiten Plattform vor.

»Ich spring! Bleibt bloß weg!«

Ich meinte, einen schwarzen Schemen auf der Plattform über uns ausmachen zu könne.

»Bitte Philipp, lass uns noch ein bisschen reden«, rief ich und versuchte mir meine wachsende Verzweiflung nicht anmerken zu lassen.

»Erzähl uns doch mal, was zwischen dir und Stefan Schultis vorgefallen ist.«

»Dieser Verräter! Er ist an allem schuld!«

»Was meinst du damit?«

Philipp schluchzte laut auf.

»Soll ich weiter nach oben?«, fragte mich Ann-Sophie flüsternd. Ich bedeutete ihr mit einem Handzeichen, erstmal noch abzuwarten. Mein Gefühl sagte mir, dass

Philipp nicht springen würde, ohne den Grund für seine Verzweiflung rauszulassen.

»Was meinst du damit, Philipp?«

»Das Schwein hat meinen Vater getötet! Einfach totgefahren und liegen lassen haben sie ihn. Stefan und dieser Jonas Messmer. All die Jahre hat er mich angelogen!«

»Philipp, was tust du da?! Bitte mach keinen Scheiß!«, tönte da mit einem Mal eine weitere Stimme vom Fuße des Turms. Stefan Schultis! Wie war der so schnell hierhergekommen?

»Hau ab! Ich springe!« Der Ausruf kam plötzlich und klang auf einmal gar nicht mehr zögerlich.

»Oh nein, ich glaube, er ist auf das Geländer geklettert!« Ann-Sophie eilte zügig und möglichst lautlos die Treppe weiter hinauf.

»Ich hasse dich!« Ein lautes Schluchzen ertönte.

Stefan Schultis Auftauchen hatte die Situation dramatisch verschärft.

»Philipp, es tut mir alles so wahnsinnig leid! Aber bitte, komm da runter!«

»Du ganz allein bist schuld!«

»Ich wollte das nicht! Es war ein Unfall!«

»Herr Schultis, bitte halten Sie sich da raus!«, rief ich nach unten. »Philipp, vielleicht kannst du uns einfach mal kurz erzählen, wie du das Ganze erfahren hast.«

Stille.

Mein Puls raste.

»Jonas Messmer, er hat es mir erzählt«, begann Philipp nach einer gefühlten Ewigkeit. »Am Rosenmontag, als ich ihn auf der Fasnet getroffen habe. Er war total betrunken und zuerst habe ich ihm gar nicht geglaubt. Aber dann…«

Es krachte.

Für eine Sekunde setzte mein Herz aus.

»Ich habe ihn!«, rief Ann-Sophie. »Alles gut!«

* * *

Die Nacht war bereits weit fortgeschritten, als wir zurück zum Hof kamen. Das alte Gebäude lag still in der Dunkelheit, vom Wald klang der Ruf eines Käuzchens zu uns. Meine Familie war bereits längst zu Bett gegangen.

Auch wenn ich todmüde war, wusste ich doch, dass ich fürs Erste keinen Schlaf finden würde – zu aufwühlend waren die letzten Stunden gewesen. Obwohl wir vermutlich nur ein paar Minuten auf dem Turm verbracht hatten, hatte sich diese Zeit der Anspannung und Ungewissheit wie eine Ewigkeit angefühlt.

Ann-Sophie schien es ähnlich zu gehen. So machte ich uns erst mal einen Tee und wir setzten uns leise in die Küche, um meine Großeltern nicht aufzuwecken.

Minka, unsere grau getigerte Katze, kam angeschlichen und machte es sich mit einem Satz auf Ann-Sophies Schoß gemütlich.

»War das ein Tag«, seufzte sie und kraulte die genüsslich schnurrende Minka hinter den Ohren. »Aber wir haben das ziemlich gut hinbekommen am Turm.«

»Das war wirklich gute Teamarbeit«, stimmte ich zu und nippte an meiner nach würzigen Kräutern duftenden Tasse. »Du hast im richtigen Moment reagiert.«

»Und du hast Philipp sehr gut abgelenkt«, erwiderte Ann-Sophie, doch tatsächlich beim DU bleibend. Diese Unaufmerksamkeit war wohl ihrer Müdigkeit geschuldet.

Eine ganze Weile meditierten wir einfach nur vor unseren dampfenden Tassen und genossen die stille Wärme.

»Ich bin auf die Aussagen morgen gespannt. Der arme Philipp hat so viel durchmachen müssen. Dass ihn die ganze Geschichte nun zu einem Mörder macht, ist wirklich tragisch. Einen Mord hätte ich ihm niemals zugetraut.«

»Es war sicher nicht geplant, sondern Mord im Affekt. Die Offenbarung, dass Stefan Schultis seinen Vater getötet und ihm all die Jahre etwas vorgespielt hatte, hat ihn eben total aus der Bahn geworfen. Vielleicht war auch Alkohol im Spiel. Wäre ja an der Fasnet nicht undenkbar.«

»Und dann war er nur noch auf Vergeltung aus. Er konnte ja nicht wissen, dass Stefan ausgerechnet an diesem Tag seinen Schuttiganzug an Pietro Santoro ausgeliehen hatte.«

»Somit war Pietro einfach nur ein unschuldiges Zufallsopfer«, seufzte ich. »Aber Philipp tut mir trotzdem richtig leid. Einfach tragisch das Ganze.«

Ann-Sophie nickte zustimmend. Sie schien wohl auch Mitleid für den Jungen zu empfinden, obwohl er Selbstjustiz verübt und das Gesetz gebrochen hatte.

Der warme Tee lullte mich langsam ein und so begab ich mich, bevor ich am Küchentisch einschlief, ins Bett.

Samstag

Der nächste Morgen begann viel zu früh. Da Ann-Sophie am Sonntag ihre neue Wohnung beziehen konnte und somit ihr Zwischenaufenthalt bei uns endete, hatte meine Familie darauf bestanden, noch einmal gemeinsam zu frühstücken. Warum es gerade ein Frühstück sein sollte, war mir ein Rätsel. Wir frühstückten sonst nie zusammen. Vielleicht befürchteten sie, ihrer scheidenden Mitbewohnerin den restlichen Tag nicht mehr habhaft zu werden, wenn wir einmal das Haus verlassen hatten. Oder sie hofften lediglich, so das Veganismusproblem geschickt umgehen zu können – waren doch zumindest Brot und Marmelade normalerweise vegan, vermutete ich jedenfalls.

»Guten Morgen!«, flötete meine Mutter für halb neun ekelhaft gut gelaunt, als ich die Stube betrat. Der Rest der Mannschaft war schon anwesend und auch unser Gast war gerade dabei am Tisch Platz zu nehmen.

»Ann-Sophie, für dich hab ich extra Margarine gekauft, nur aus Rapsöl und ohne Butteraroma und so«, sagte meine Mutter, mittlerweile ziemlich fachkundig.

»Un ich hob extra für dich noch e Quittegelee usm Keller gholt, Wendelin«, fügte Oma Erika Beifall heischend hinzu. Sie wusste halt, wie sieh ihrem Bub etwas Gutes tun konnte. Unser Quittenbaum war in etwa genauso alt und krumm wie Oma, trug aber jedes Jahr immer noch erstaunlich viele Früchte.

»Sodele, un jetzt erzähle ihr mol, was da geschtern Obend los war. De Schultis Stefan und de Leinert Philipp sin beidi verhaftet worre, gell?«

Woher die Oma nach so kurzer Zeit schon wieder so gut informiert war, war mir echt schleierhaft. Wahrscheinlich hatte Maria sie mit diesen News heute Morgen aus dem Bett geklingelt.

»Lass uns doch mal ein paar Minuten über was anderes reden, bitte«, murrte ich genervt und strich mir dick Butter aufs Brot.

»Also ich les hier gerade einen total interessanten Artikel über ökologische Landwirtschaft«, sprang mir mein Vater sofort bei, der wahrscheinlich hoffte, in Ann-Sophie eine Verbündete zu finden. Das Thema wurde in diesem Haus nämlich kontrovers diskutiert, da insbesondere Opa Erwin so gar nichts von Ackerblühstreifen und Lerchenfenstern, aber sehr viel von Herbiziden und Mais hielt.

»Loss doch seller Quatsch gelte«, war meist Opas einziger Beitrag dazu. Sehr zum Leidwesen seines Sohnes.

* * *

Bei den wenigen sich am Samstag auf dem Revier befindenden Kollegen herrschte eine fast schon ausgelassene Stimmung, als wir dort nach unserem ausgiebigen Frühstück eintrafen, war doch die Aufklärung des Mordes am »*italienischen Schuttig*« zum Greifen nah.

Stefan Schultis sah sehr mitgenommen aus, als er uns aus müden, blutunterlaufenen Augen im Verhörraum entgegenblickte. Er wippte unruhig mit den Füßen hin und her. Sein Gesicht glänzte ungesund. Offensichtlich strömte bereits Angstschweiß aus den Poren.

Schultis wollten wir uns als Erstes vorknöpfen, schien es doch, als hätte er uns einiges zu erzählen. Zudem wurde Philipp Leinert durch die Warterei mehr unter Druck gesetzt. Den Aussagen eines Kollegen nach, war er heute Nacht total durchgedreht und hatte kaum geschlafen. Zwar tat mir Philipp echt leid, aber psychischer Stress und Übermüdung waren sozusagen perfekte Bedingungen für eine Befragung. In diesem Fall ging ich sogar stark von einem schnellen Geständnis aus.

Ich gebe zu, dass wir den Schultis über Nacht hierbehalten hatten, war nicht ganz rechtens. Unfall mit Fahrerflucht, selbst wenn der Unfall tödliche Folgen gehabt hatte, verjährte spätestens nach fünf Jahren. Stefan Schultis konnte also nicht mehr wegen des Unfalls, an dessen Folgen Paul Leinert, verstorben war, belangt werden. Trotzdem erhofften wir uns von ihm wichtige Informationen zum Tod von Pietro Santoro. Da Schultis bisher aber nicht sehr kooperativ gewesen war, sollte ihn die Nacht hinter Gittern etwas weichkochen. Die plötzliche Isolation, gerade nach einem so aufwühlenden Erlebnis wie gestern Nacht, und das ohnmächtige Gefühl, wenn sich die Zellentür hinter einem schließt, gingen selten an jemandem spurlos vorbei. Ann-Sophie hatte dieses Vorgehen stillschweigend hingenommen.

»Sie haben mich einfach so eingesperrt«, rief Stefan Schultis mit hochrotem Kopf. »Das dürfen Sie nicht!«

Er schien sich seiner Rechte doch bewusster zu sein, als ich mir erhofft hatte. Vermutlich hatte er nach dem

Unfall intensiv das Internet nach Strafmaß und Verjährungsfristen in seinem Fall durchforstet.

»Das wird ein Nachspiel haben!«

»Wären Sie etwas kooperativer gewesen, hätten wir nicht zu so drastischen Maßnahmen greifen müssen«, erwiderte ich möglichst unbeeindruckt.

»Herr Schultis, Sie scheinen zu wissen, dass der Unfall, bei dem Paul Leinert ums Leben kam, rechtlich nicht mehr belangbar ist. Trotzdem scheint darin das Motiv des Mordes an Pietro Santoro zu liegen. Philipp Leinert hatte von Ihrer Beteiligung an dem Unfall erfahren und wollte Vergeltung. Er konnte nicht wissen, dass Sie Ihren Schuttiganzug genau an dem Tag an Pietro Santoro ausgeliehen hatten und Philipp somit den Falschen erwischte«, fuhr Ann-Sophie fort und setzte sich Schultis gegenüber, während ich lieber stehen blieb.

»Moment! Sie denken, Philipp hat Pietro umgebracht, um sich an mir zu rächen?!«

»Genau das denken wir.«

Schultis schüttelte ungläubig den Kopf. »Nie im Leben! Philipp würde so etwas nie tun.«

»Ach nein? Wenn es Philipp nicht war, wer war es dann? Der Tote lag in Ihrem Hausgang. Sie haben gemeinsam mit ihm den Abend verbracht! Ich bin mir sicher, dass Sie mehr über den Mord wissen, als Sie zugeben. Jetzt machen Sie mal Ihr Maul auf, verdammt!« So langsam reichte es mir. Diese Spielchen waren jetzt doch wirklich unnötig.

»Ich habe keine Ahnung, wer Pietro umgebracht hat!«

»Das glaube ich Ihnen nicht!« Ich begann, im Raum auf und ab zu gehen. Schultis schwieg.

»Wenn Sie nicht reden, wird Philipp in den Knast wandern!«

»Haben Sie bereits mit ihm geredet? Was sagt er?«

Diesmal schwieg ich.

»Erzählen Sie uns doch, was damals vor elf Jahren passiert ist«, forderte Ann-Sophie Schultis auf.

Er rang sichtlich mit sich.

»Wenn Sie schweigen, helfen Sie keinem. Vielleicht hilft es Ihnen, darüber zu sprechen.«

Schultis Blick nach zu urteilen, glaubte er daran schon lange nicht mehr.

Eine geschlagene weitere Minute schwieg er. Man konnte sehen, wie es hinter seiner Stirn arbeitete.

»Es war in der Nacht vom Rosenmontag«, begann Schultis schließlich mit stockender Stimme.

Zusammen mit seinem Kumpel Jonas Messmer war Stefan Schultis im Elzacher Städtle durch die Kneipen gezogen. Irgendwie kamen die beiden, trotz des ein oder anderen Biers, nicht richtig in Stimmung. Am Abend davor hatten sie, nach dem regional sehr bekannten Fackelumzug der Schuttig, zwei überaus attraktive Mädels aus Haslach im Kinzigtal kennengelernt, die extra nach Elzach gekommen waren, um sich das nächtliche Spektakel anzuschauen. Besonders Jonas war sehr angetan und redete von nichts anderem mehr. Im Laufe des Abends erhielt er eine SMS von seiner Angebeteten, die ihn und Schultis aufforderte, doch nach Haslach zu kommen. Da sie beide nicht mehr ganz nüchtern waren, beschlossen sie, nicht die Bundesstraße, sondern eine fast nur Einheimischen bekannte einspurige Straße durch den Wald zu nehmen.

»Da Jonas kein eigenes Auto hatte, fuhr ich. Wir waren bester Stimmung und da man auf der Strecke über Hofstetten nach Haslach normalerweise nie jemand trifft, schon gar nicht spät abends, habe ich auch ordentlich Gas gegeben. Sie wissen ja, wenn man jung ist... Und auf einmal war da diese Gestalt«, Schultis stockte.

»Wir haben zuerst gar nicht realisiert, was passiert ist. Dass wir jemanden erwischt haben mussten – die Erkenntnis kam uns erst nach ein paar Hundert Metern. Wir dachten zuerst, es wäre vielleicht ein Reh gewesen. Und dann sind wir einfach weitergefahren. Wir waren dumm, einfach so dumm! Wir waren angetrunken und wir hatten Angst. Aber wenn wir umgedreht hätten, vielleicht hätten wir Paul Leinert noch retten können.« Er vergrub seinen Kopf in den Händen. »Das Geräusch von dem Aufprall wird mich für immer verfolgen.«

Nach dem Unfall beschlossen Stefan Schultis und Jonas Messmer Stillschweigen zu bewahren und niemals wieder darüber ein Wort zu verlieren.

Aber bereits zwei Tage später – die tragische Geschichte über Paul Leinerts Tod hatte sich bereits herumgesprochen – rief Jonas an. Er war total verzweifelt und wollte sich der Polizei stellen. Er könne nachts nicht mehr schlafen, nicht mehr essen, überhaupt an nichts anderes mehr denken.

»Mir ging es ja genauso, aber ich konnte Jonas beruhigen. Die hätten uns doch sonst ins Gefängnis gesteckt! Unser Leben wäre vorbeigewesen. Wer würde denn später zwei vorbestraften, jungen Männern noch einen Ausbildungsplatz geben? Mal ganz davon abgesehen, dass jeder im Tal Bescheid wissen würde, was wir getan hatten.«

Die Freundschaft zwischen Messmer und Schultis wurde mehr und mehr auf die Probe gestellt. Jonas Messmer schaute immer öfter zu tief ins Glas, begann mehrere Ausbildungen, doch brach er sie alle nach ein paar Monaten wieder ab. Stefan Schultis hingegen berappelte sich, was nicht zuletzt an seiner jetzigen Frau Rebecca lag, die er nur kurz nach dem Unfall kennengelernt hatte.

»Weiß Ihre Frau über diese Geschichte Bescheid?«, fragte Ann-Sophie.

»Nein, ich habe bis heute mit niemandem außer Jonas darüber gesprochen.«

»Erzählen Sie uns von Philipp.«

»Ich hatte unfassbare Schuldgefühle. Ich kann mich noch gut an den Tag erinnern, als sich Frau Leinert das Leben nahm. Ich war am Ende. Alles war meine Schuld! Ich war bei der Beerdigung und dann war da dieser kleine Junge, der beide Eltern verloren hatte. Ich weiß, dass das, was wir getan haben, durch nichts in der Welt wieder gutzumachen ist, aber ich wollte es versuchen, zumindest ein bisschen. Sonst hätten mich meine

Schuldgefühle zerstört. Und so habe ich mir geschworen, mich um Philipp zu kümmern und ihm zu helfen, wo ich nur kann.«

Stefan Schultis wirkte zutiefst erschöpft nach diesem Redefluss, doch schien er auch eine gewisse Erleichterung darüber zu verspüren, endlich reinen Tisch gemacht zu haben.

»Dann traf ich Jonas diesen Rosenmontag wieder. Wir hatten uns schon länger nicht mehr gesehen. Seine Frau hatte sich kürzlich von ihm getrennt, soviel hatte ich mitbekommen, wahrscheinlich weil er zu viel soff. Ich war mit Pietro unterwegs, wie Sie ja wissen. Ich dachte, ich gehe mal zu Jonas rüber, er stand da so traurig und allein an der Theke. Er war schon richtig betrunken und begann sofort zu fragen, ob ich denn noch wüsste, was für ein Tag heute sei. Richtig angegangen ist er mich! Ich hätte sein Leben zerstört, weil ich ihn damals nicht zur Polizei gelassen hatte, damit er für seine Schuld einstehen konnte. Er schrie mich an, dass er jetzt auspacken würde. Er könne mit der Schuld nicht weiterleben. Und dann sagte er, dass er es total pervers fände, was für ein Spiel ich mit Philipp triebe und dass er Philipp sagen würde, dass ich seinen Vater auf dem Gewissen habe. Dann sind wir ziemlich aneinandergeraten, Pietro musste dazwischen gehen.«

»Und dann hat Messmer Philipp alles erzählt?«

»Ich gehe davon aus.«

»Und dann wollte Philipp sich rächen«, ergänzte ich.

»Wie schon gesagt, das kann ich mir bei ihm nicht vorstellen.«

»Aber er hat ein verdammt gutes Motiv.«

»Niemals!«

»Was macht Sie da so sicher?«

Schweigen. Dann ein knappes: »Ich weiß es halt einfach!«

Das war nicht alles! Ich war mir absolut sicher. Allerdings war ich mir auch sicher gewesen, dass Stefan heute endlich mit offenen Karten spielen würde. Natürlich hatte er nicht gewollt, dass herauskam, dass er ein Menschenleben auf dem Gewissen hatte. Wenn man den Selbstmord der Ehefrau und das verkorkste Leben von Philipp hinzunahm, eher drei Leben. Aber das war doch jetzt raus und er wirkte auch in gewisser Weise erleichtert, endlich mit jemand darüber sprechen zu können. Also was verbarg er noch? Und vor allem, wer oder was konnte ihn denn jetzt noch davon abhalten komplett mit der Sprache rauszurücken?

* * *

Als Philipp den Verhörraum betrat, war alles Leben aus ihm gewichen, er hatte den schlurfenden Gang und die Gesichtsfarbe einer wandelnden Leiche. Ohne jede Körperspannung sank er auf den bereitstehenden Stuhl und verharrte dort reglos.

Ann-Sophie und ich beobachteten den traurigen Einzug durch die verspiegelte Scheibe des angrenzenden Raums, den wir auch für Gegenüberstellungen nutzten. Es sah so aus, als bereue Philipp noch immer am Leben zu sein und ich machte mir eine gedankliche Notiz, nachher noch im Gefängnis anzurufen und dort zu vermerken, dass bei Philipp die Gefahr eines weiteren Suizidversuchs bestand. Für jeden, der die Umstände seiner Festnahme kannte, war das selbstverständlich. Aber nicht immer lief der Informationsfluss so reibungslos, wie es sein sollte.

Auch Ann-Sophie beobachtete Philipp mit mitfühlendem Blick: »Der Arme.«

»Mir tut er auch echt leid. Komm bringen wir's hinter uns, er sieht wenigstens nicht so aus, als würde er uns große Probleme bereiten.«

»Hallo Philipp«, eröffnete ich das Gespräch in väterlichem Ton. »Ist es okay, wenn ich *du* zu dir sag?«

Das resignierte Achselzucken, deutete ich mal als »*ja*«.

»Das ist Kommissarin Klett, ich bin Wendelin Wisser und wir ermitteln im Mordfall Pietro Santoro.«

Zum ersten Mal schien etwas in Philipps Augen aufzublitzen. Bisher hatte er uns keinerlei Beachtung geschenkt und keine Miene verzogen, aber jetzt legte sich eine kleine Sorgenfalte auf seine Stirn – oder war es Überraschung?

»Wo warst du am Montagabend beziehungsweise Montagnacht? Erzähl einfach mal von Anfang an.«

Es vergingen einige Sekunden, bis Philipp anfing zu reden. Offensichtlich schien es ihn Überwindung zu kosten, aber von uns schweigend angestarrt zu werden, war ihm scheinbar noch unangenehmer.

»Ich war halt in Elzach mit ein paar Kumpels.«

Als ihm klar wurde, dass uns diese Aussage nicht ausreichen würde, schob er nach.

»Ja mein Gott, wir waren zu dritt. Ich, der Joshua Dufner und der Alex Maier. Wir waren halt ein bissel Fasnet machen… im Fuhrmannskeller waren wir lang, dann im Ochsen, Löwen…«

Er holte tief Luft und spie die folgenden Wörter samt Speicheltröpfchen dann förmlich aus: »Was soll die ganze Scheiße überhaupt und was redet ihr über einen Mord? Ich wollt mich umbringen. Mich! Das wird man ja wohl noch dürfen? Das ist mein eigenes beschissenes Leben und das geht Sie einen feuchten Dreck an.«

Philipps Gesicht verkrampfte sich zu einer Grimasse als er mit aller Macht versuchte nicht loszuheulen.

»Philipp«, begann Ann-Sophie sanft. »Ich versteh, was gerade in dir vorgehen muss. Das war alles ein bisschen viel diese Woche. Lass uns einfach darüber reden, was vorgefallen ist. Keiner verurteilt dich hier. Friss das nicht in dich rein, sonst gehst du daran zugrunde.«

»Ich bin doch eh schon am Arsch, mehr am Arsch kann man doch gar nicht sein! Ich hätte springen sollen, ich scheiß Vollidiot… Und wovon faselt ihr eigentlich? Wieso Mord?«

»Wir reden von dem Mord an Pietro Santoro, der im Schuttiganzug von Stefan Schultis steckte, als er getötet wurde. Wir gehen davon aus, dass du einen guten Grund hattest, sauer auf Stefan zu sein. Vielleicht sind da die Emotionen einfach hochgekocht.«

»Ihr glaubt, ich wäre ein Mörder?! Das kann jetzt nicht wahr sein, oder? Ihr verarscht mich doch.«

Unsere Blicke gaben ihm wohl zu verstehen, dass dem definitiv nicht so war.

»Du hast am Montagabend erfahren, dass Stefan Schultis deinen Vater auf dem Gewissen hat«, spekulierte ich. Genau hatte uns Schultis ja nicht erzählen können, wie Philipp an diese Information gekommen war. »Da können einem schon mal die Sicherungen durchbrennen.«

»Ich versteh grad gar nichts mehr! Sie haben gesagt, Pietro wäre tot. Und was soll ich damit bitteschön zu tun haben? Ich kenne ihn doch gar nicht richtig. Halt ein bisschen über Stefan, aber wieso sollte ich ihn umbringen wollen?«

»Pietro Santoro war ja auch nur ein Zufallsopfer. Du dachtest, Stefan Schultis vor dir zu haben – in seinem Haus, in seinem Schuttiganzug. Du konntest ja nicht ahnen, dass er den Schuttiganzug verliehen hatte. War es nicht so?«

»Nein!«, erwiderte Philipp vehement. »Und wieso sollte ich Stefan umbringen?«, wiederholte er aufmüpfig.

»Dein Abschiedsbrief zum Beispiel. Da machst du deiner Wut gegenüber Stefan ziemlich Luft«, sprang Ann-Sophie ein.

Die eben noch aufgestaute Aggressivität entwich schon wieder aus seinem Körper und Philipp sackte müde zurück in seinen Stuhl.

»Ja, das stimmt.« Er schien so langsam zu kapitulieren.

»Jonas Messmer kam an dem Abend zu mir. Er war ziemlich voll. Ich kannte ihn auch nicht wirklich – nur über Stefan. Ich hab mich schon gewundert, was der von mir will, als er mich im Fuhrmannskeller plötzlich in eine Ecke gezerrt hatte und meinte, er müsste mir alles erzählen. Ich weiß nicht, ob ich ihm dafür danken oder ihn dafür hassen soll. Er meinte, er halte das nicht mehr aus, die Schuld, die auf ihm laste und wie leid ihm alles täte und, dass Stefan mir eben nur etwas vorspiele, um sein Gewissen zu beruhigen.« Philipp schluchzte, als er die Szene erneut durchlebte.

»Ich war am Boden zerstört. Mein Leben ist ein Albtraum, seit meine Eltern tot sind. Patrizia und Cedric geben ihr Bestes, aber Stefan war der Einzige, mit dem ich immer über alles reden konnte. Nach der Beerdigung meiner Mutter sind wir ins Gespräch gekommen und irgendwie hat das halt gepasst. Er hatte immer ein offenes Ohr für mich. Und in Wahrheit hat er nur gelogen! Die ganze Zeit! Ohne dieses Arschloch würden meine Eltern noch leben!« Zitternd griff Philipp nach dem bereitstehenden Wasserglas.

»Seit Montag bin ich total neben mir gestanden. Ich konnte keinen klaren Gedanken mehr fassen, wusste weder ein noch aus. Ich habe keinen anderen Ausweg aus diesem ganzen Schlamassel gesehen, als mein Leben zu beenden. Endlich nichts mehr fühlen, nicht mehr denken müssen …« Gedankenverloren drehte Philipp das Glas in seinen Händen.

Dann raffte er sich auf. «Ich wollte mich umbringen, niemanden sonst. Auch Stefan nicht. Das könnte ich niemals tun, egal was passiert ist.»

Ausgerechnet jetzt klopfte es an die Tür des Verhörraums. Auf Ann-Sophies aufforderndes Nicken hin eilte ich zu Tür.

Draußen erwartete mich Dr. Novak, der mir etwas bedröppelt entgegensah.

»Hallo Doktor! Das ist aber nett, dass Sie den weiten Weg auf sich genommen haben und persönlich vorbeikommen. Ist Ihr Computer defekt?« Normalerweise bekamen wir die Laborergebnisse per Mail.

»Oh, äh, nein«, stammelte Dr. Novak, sichtlich um eine gute Ausrede bemüht. »Ich dachte nur, also, dann kann ich Ihnen die Details gleich erklären. Ich meine, Ihnen und natürlich auch Frau Klett, damit Sie alle im Bilde sind…«

Aha, daher wehte also der Wind.

»Gut, einen Moment bitte. Gehen Sie doch schon mal vor in den Nebenraum.«

Ich gab Ann-Sophie Bescheid und wir setzten uns zusammen.

»Oh, Herr Novak, schön Sie zu sehen«, begrüßte Ann-Sophie den Doktor mit einer, meiner Meinung nach, vollkommen überzogenen Portion Fröhlichkeit in der Stimme.

»Die Freude ist ganz meinerseits«, stammelte Novak.

»Ist aber sehr nett, dass Sie persönlich vorbeikommen«, sie lächelte ihm zu und eine Haarsträhne, die sich aus ihrem sonst so akkuraten Pferdeschwanz gelöst hatte, zurecht. Flirtete Ann-Sophie etwa ernsthaft mit diesem langweiligen Leichenfledderer?

»Wenn ich dadurch die Möglichkeit habe, Sie mal wieder zu sehen.«

»Können wir bitte mal zur Sache kommen?« Dieses Rumgesülze begann mir auf den Magen zu schlagen.

»Natürlich!«, sagte Dr. Novak und blickte dabei durch die verspiegelte Glasscheibe zu Philipp Leinert, »Ich hoffe mal, das ist nicht Ihr Tatverdächtiger im Schuttigmord?«

»Und falls doch? Was für ein Problem hätten Sie dann damit?«

Dr. Novak begann sodann mit freudiger Erregtheit seine Ergebnisse vorzutragen, wobei er nicht mit Fachwörtern geizte.

»Können Sie das alles vielleicht noch mal für uns Normalsterbliche zusammenfassen?«, fragte ich genervt.

»Aber natürlich... bitte entschuldigen Sie.« Novak wandte sich Richtung Verhörraum.

»Das Problem ist, dass dieser schmächtige Jüngling niemals der Täter sein kann. Wie Sie meinem Bericht entnehmen können, ist der Täter überdurchschnittlich groß, vermutlich so zwischen 1,85 bis 1,95... Vor allem aber ist er sehr stark. Die Wundränder der Einstiche sind weit aufgerissen, dasselbe gilt für die Fasern. Am Anfang bin ich von einer extrem scharfen Klinge ausgegangen. Doch dann stellte ich fest, dass die Tatwaffe vielmehr mit außerordentlicher Kraft geführt worden war.

Das Messer war sicher ein ordentliches, großes Fleischmesser, aber keines von außergewöhnlicher Schärfe. Selbst im Körper des Opfers wurde es noch gedreht und in einem anderen Winkel wieder herausgerissen. Dabei hat es zwei Rippen durchschlagen. Der Täter muss wie ein Besessener, voller Hass und wie gesagt, mit extremer Kraft zugestochen haben.«

»Suchen wir also einen Bodybuilder?«, fragte Ann-Sophie offensichtlich interessiert.

»Das kann man so pauschal sicher nicht sagen. Es könnte genauso gut ein Bauarbeiter, Kampfsportler oder einfach ein richtig kräftiger Kerl sein. Aber der da…«, Novak blickte erneut in Richtung Philipp, »nie im Leben.«

»Verdammt!«, entfuhr es mir.

Ich war mir so sicher gewesen. Alles hatte Sinn ergeben und mit diesem beschissenen Bericht fiel alles, was wir bisher erarbeitet hatten, in sich zusammen wie ein Kartenhaus.

»Sind Sie sich ganz sicher, dass Sie sich da nicht irren? Ich meine, wenn man richtig wütend ist, entwickeln manche ungeheure Kräfte.«

Der Rechtmediziner blickte erst mich und dann mehrere Sekunden Philipp Leinert kritisch abwägend an.

»Ja, ich bin mir hundertprozentig sicher. Der da ist… wie sagt man…«

»Eine Bohnenstange?« schlug Ann-Sophie vor.

»Ein Lauch?« warf ich zeitgleich ein.

»Ja genau, irgendein dürres Gemüse. Und für diesen mehrlagigen Filzstoff…«

»Ja, ist gut«, unterbrach ich den Doktor unwirsch. Ich hatte es verstanden. »Tut mir leid. Ich war mir der Sache wohl einfach zu sicher.«

»Das geht mir nicht anders,« versuchte es Ann-Sophie mit besänftigendem Zuspruch.

»Und jetzt? Was haben Sie noch für uns, Novak? Irgendwelche konkrete Spuren, die den Täterkreis wenigstens ein bisschen einschränken könnten?«

»Nun ja. Wie ich eben ausgeführt habe, ist unser Täter mit großer Wahrscheinlichkeit männlich, groß, stark. Mehr lässt sich momentan nicht ableiten.

Zu unserem Opfer kann ich sagen, dass die Todesursachen multipel sind. Die ca. 1,2 Promille Alkohol im Blut, in Kombination mit dem hohen Blutverlust haben das Herz-Kreislaufsystem kollabieren lassen. Hinzu kam entscheidend, dass das Herz sehr schnell pumpen musste, da nur noch eine sehr geringe Sauerstoffkonzentration im Blut war und durch die getroffenen Arterien der Blutdruck komplett weggesackt sein dürfte. Parallel dazu ist das Opfer praktisch erstickt, nicht nur weil 4 der 5 Lungenlappen sehr zerrissen waren, sondern auch weil größere Mengen Blut in die Atemwege gelangt sind. Die Larve, die er aufgehabt hatte, war sicher auch nicht gerade förderlich.«

»Danke für Ihre sehr anschaulichen Ausführungen. Kurz gesagt, er ist an den Messerstichen gestorben. Leider nichts, was wir nicht schon wussten. Haben Sie sonst noch irgendwas Neues für uns, das uns vielleicht weiterbringen könnte?«

»Aus pathologischer Sicht nicht. Ich habe mich auch mit der Forensik kurzgeschlossen und auch diese Auswertung dabei. Wie ich Frau Klett schon berichtet hatte, fanden sich an der Leiche eine immense Menge an Hautschüppchen, Haaren *et cetera* von einer Vielzahl von Personen. Es grenzt fast an ein Wunder, dass keine dieser Spuren irgendeinem Straftäter im Polizeiregister zugeordnet werden konnte. Ansonsten fanden sich auch mehrere Stofffasern: Hanfseil mit Resten tierischer DNS, schwarze und blaue Polyester, grüner Filz, blaue Baumwollfaser, blonde und orangerote Kunstfaser, vermutlich von Perücke, grüne Polyacrylfasern. Das war's im Wesentlichen.« Dr. Novak blickte von seinen Notizen hoch und zuckte entschuldigend mit den Schultern.

Aber in mir war urplötzlich eine Alarmsirene aufgeheult. Irgendwo hatte es Klick gemacht, aber ich bekam den Gedanken erst nicht richtig zu fassen.

»Puh«, seufzte Ann-Sophie, als Novak gegangen war. »Was machen wir jetzt mit diesen Infos?«

»Das ganze Elztal nach großen, starken Männern absuchen. Davon gibt es ja auch kaum welche«, entgegnete ich sarkastisch. »Und dann nehme ich erstmal Urlaub. Die Fasnetstage sind ja so schon immer hart. Aber dieses Jahr…«

»Den Urlaub müssen wir uns erst noch verdienen. Die Fasern an der Leiche könnten ja von einer Verkleidung stammen.«

»Na gut, dann suchen wir halt nach einem großen, starken Mann, der am Rosenmontag verkleidet war. Das schränkt die Suche natürlich stark ein.«

Da fiel es mir wie Schuppen von den Augen.

* * *

In mir begann ein Verdacht zu keimen – ein ganz ungeheuerlicher Verdacht. Doch bevor ich diesen Verdacht laut aussprechen konnte, brauchte ich einen Beweis. Denn ein Motiv erschloss sich für mich auf die Schnelle nicht. Aber mein Bachgefühl trog mich selten und dann war da dieses kleine, auf den ersten Blick nichtssagende Indiz.

Natürlich, es konnte gut sein, dass ich komplett daneben lag. Aber ich war so langsam so verzweifelt, dass ich bereit war nach jedem Strohhalm, und war er noch so klein, zu greifen.

Ich musste darauf bauen, dass Ann-Sophie meinem Bauch vertraute und mitspielte. Die Konsequenzen, die sich ergeben würden, würde ich mit meiner Ahnung falsch liegen, versuchte ich zu verdrängen. Ich würde definitiv ziemlich in der Scheiße stecken – ich konnte schon hören, wie der Chef und der Bürgermeister mir das Fell gerbten.

Ich versprach Ann-Sophie, alle Konsequenzen auf mich zu nehmen und erläuterte meinen Verdacht. Sie erbat sich fünf Minuten Bedenkzeit – wahrscheinlich musste sie kurz ein paar Yogaübungen zur Beruhigung durchführen – und sagte mir dann erstaunlicherweise ihre volle Unterstützung zu.

Nun brauchten wir einen Plan. Ich hatte schon eine Idee, aber dazu musste ich erst noch einige Telefonate tätigen. Zuerst musste ich die Forensik anrufen und einen DNS-Abgleich beantragen. Hoffentlich konnten sie mir das Ergebnis gleich auf dem kleinen Dienstweg durchgeben, denn es musste schnell gehen.

* * *

»Salli, Martin. Du, ganz dringend: Der Schultis hat angerufen! Er will eine Aussage machen. Er hat Informationen über den Mörder von Santoro!« rief ich aufgeregt in mein Telefon. Plötzlich war alles drunten und drüber gegangen.

Ich erzählte dem erstaunten Martin, dass Stefan Schultis, der sehr verängstigt und nervös geklungen hatte, nach eigener Aussage schon die ganze Zeit gewusst hatte, wer der Mörder war, aber aus Angst um sein eigenes Leben nichts gesagt hatte. Er würde kaum noch schlafen vor Angst und könnte unmöglich so weiterleben. Er fühlte sich akut bedroht.

»Er hat uns ausdrücklich gebeten, dass wir sofort vorbeikommen sollen, aber das geht nicht so schnell. Wir haben grade eine Besprechung mit dem Staatsanwalt und müssen dann von Emmendingen herfahren. Du weißt ja, Windener Engstelle und so, das kann dauern. Ich mach mich mit der Ann-Sophie so schnell wie möglich auf den Weg, aber du bist doch viel näher dran,

Martin. Fahr du doch schon mal hin und halte die Stellung, bis wir kommen. Allein schon damit der Schultis nicht sauer auf uns ist und es sich noch mal überlegt mit seiner Aussage.«

»Na klar, bin schu uffm Weg«, antwortete Martin.

»Merci, wir sind spätestens in einer Dreiviertelstunde da.«

* * *

Er musste sich beherrschen, nicht gleich ein weiteres Küchenfenster einzuschlagen, als sich, auch nachdem er Sturm geklingelt hatte, immer noch nichts im Haus zu rühren schien. Mit einem Blick über die Schulter vergewisserte er sich, dass das Auto von Schultis im Carport stand. Nicht, dass der von seiner Arbeitsstelle oder von sonstwo aus angerufen hatte und er hier vollkommen unnütz herumstand. Aber zu seiner Beruhigung stand der Opel Insignia Kombi da wo er hingehörte. Der Kleinwagen der Ehefrau fehlte.

Ohne Vorwarnung ertönte ein Klicken. Er fuhr erschrocken zur Haustür herum, in der das Gesicht von Stefan Schultis erschienen war.

»Stefan!« Erleichtert stieß er die Luft aus und merkte, welche Anspannung sich in ihm aufgebaut hatte.

Stefans Gesichtsfarbe unterschied sich nur in Nuancen von der kalkweiß gestrichenen Eingangstür.

»M... Martin? Was machst du denn hier?«

Energisch drückte sich Martin an Stefan vorbei in den Hausflur. Als er seinen Blick durch die scheinbar leere Wohnung wandern ließ, blieb sein Blick kurz an der Stelle unter der Garderobe hängen, an welcher ihn bei seinem letzten Besuch ein toter Schuttig aus leeren Augen angeblickt hatte.

»Moch's Loch zu, s'isch kalt. Alles in Ordnung mit dir, Mann?«

Stefan Schultis wirkte nervös, wenn nicht sogar verängstigt. Martin lauschte, ob sich vielleicht wider Erwarten noch jemand anders in der Wohnung befand, hörte aber nichts.

»Ja. Klar.« Stefan schloss die Tür und trat vor Martin in den Flur.

»De Wende het mich hergschickt. Het gsait, du willsch e Ussag moche, aber hättesch Ongscht. Vor was denn?«

Stefan sagte nichts. Auch Martin schwieg lange und lauschte erneut in die Stille.

»Das hast du irgendwie falsch ver…«

»Es tut mir so leid«, unterbrach ihn Martin mit einem Blick tiefsten Bedauerns und machte einen entschlossenen Schritt auf Stefan zu, der nach hinten stolperte.

Martins Hand griff zeitgleich unter seine Polizeijacke und riss ein verdammt langes Küchenmesser empor.

Bedrohlich blitzend fuhr die Klinge in die Höhe, um von dort auf Stefan herabzuschießen wie ein Raubvogel. Martins Gesicht war zu einer undeutbaren, grausamen Grimasse verzerrt.

Stefan versuchte zu schreien, brachte aber nur ein unkontrolliertes Stöhnen hervor.

Ganz im Gegenteil zu Polizeihauptmeister Weiß, dem Leiter des mobilen Einsatzkommandos Südbaden:

»Waffe runter! Keine Bewegung!«, donnerte es durch den Flur. Gefolgt von zahlreichen schwarzvermummten Gestalten, die ihre Glock 17 und SIG Sauer P228 auf Martin gerichtet hatten.

Auf das hektische Getrampel und Geschreie folgte angespannte Stille. Alles war erstarrt und in Zentrum stand, der Statue eines keltischen Kriegsgotts gleich, Polizeiwachtmeister Martin Dörrsam, den Arm zum tödlichen Hieb erhoben.

»Waffe fallen lassen!«, zischte der Leiter des Einsatzkommandos erneut.

Mit einem Seufzer entglitt der Statue das Messer und mit ihm alle Körperspannung. Die niedersausende Klinge hatte das Parkett noch nicht berührt, da wurde Martin schon von zwei hinter ihm stehenden Polizisten gepackt und auf den Boden geworfen.

Ann-Sophie und ich drängten uns an den Kollegen vom MEK vorbei die Treppe hinunter.

Stefan saß mit angewinkelten Beinen und zittrigen Händen an die Wand gelehnt und atmete, als wäre er gerade einen Marathon gelaufen. Sein apathischer Blick war auf die keinen halben Meter vor ihm im Boden steckende, mindestens 25 cm lange Klinge fixiert.

Martin gab kein besseres Bild ab. Er lag bäuchlings am Boden. Einer der Männer legte ihm gerade Handschellen an, während sein Gesicht zum Treppenabsatz blickte.

Offensichtlich hatte Martin einiges getan, was ich ihm nicht zugetraut hätte. Aber ebenso wenig, wie ich gedacht hätte, dass er in der Lage wäre einen Menschen zu töten, hätte ich erwartet, ihn jemals in meinem Leben weinen zu sehen. Aber es war so. Schwere Tränen kullerten aus seinen großen Augen auf den Boden. Dabei wirkten seine Gesichtszüge vollkommen entspannt, als wäre die Anspannung endlich von ihm abgefallen. Ich war mir nicht sicher, ob es Tränen der Trauer über seine Festnahme oder Tränen der Erleichterung waren. Im Nachhinein glaubte ich Letzteres – vielleicht wollte ich aber auch einfach immer noch nicht wahrhaben, dass mich meine Menschenkenntnis, auf die ich so viel gab, bei einem meiner langjährigen Kollegen derartig im Stich gelassen hatte. Vielleicht aber hatte ich das Schlechte in ihm auch einfach nicht sehen wollen.

Es würde sicherlich seine Zeit dauern, bis Martin wirklich realisiert hatte, was jetzt auf ihn zukam. Als Polizist im Knast … das wünschte ich keinem. Und bevor ich noch wirklich Mitleid mit diesem Vollidioten bekam, der einen unschuldigen Menschen kaltblütig von hinten erstochen hatte, wand ich mich dem aktuellen Opfer zu.

»Geht's?«, fragte ich und streckte Stefan meine Hand entgegen. Er nickte, ergriff sie und ich zog ihn in die Vertikale.

»Danke, dass Sie es durchgezogen haben. Ohne Sie hätten wir es nicht geschafft.«

»Ich hab zu danken«, erwiderte Stefan. »Ich bin ja auch froh, dass es jetzt wirklich endgültig vorbei ist. Oder?«

»Ja, jetzt ist es vorbei«, sagte ich aufmunternd. Zumindest für uns, fügte ich in Gedanken hinzu.

* * *

Erschöpft erreichten wir den Hof zu vorgerückter Stunde, wo uns nichtsdestotrotz ein feierliches Empfangskomitee erwartete.

»Ihr hänns gschafft!«, rief uns meine Mutter schon beim Aussteigen entgegen und die Joosenbäuerin ließ bereits die Sektkorken knallen. Woher die so schnell schon wieder Bescheid wussten? Es würde mir ein ewiges Rätsel bleiben.

»Setze euch hii un verzälle! Jetzt dürfe ihr ja, gell?«

Ich war froh, dass Ann-Sophie das Schildern der letzten Stunden erstmal übernahm. Dass Martin der Mörder von Pietro Santoro war – der Martin, den ich schon ewig kannte und der mir immer ein guter Kollege gewesen war – hatte ich noch nicht ansatzweise verdaut und der Schock darüber würde sicherlich noch einige Zeit anhalten.

»Nachdem Dr. Novak Bericht erstattet hatte, wusste Wendelin sofort, was Sache ist.« Anerkennend blickte Ann-Sophie zu mir herüber.

»Pietro Santoro wurde von einer überdurchschnittlich großen, starken Person erstochen. Zudem wurden an der Leiche ein Haar mit Martins DNS und rote Kunststofffasern, vermutlich von einer orangeroten Perücke, gefunden. Wendelin wusste, dass Martin dieses Jahr als

Obelix unterwegs war – somit gab es einiges, was in seine Richtung deutete.«

»Ja, aber des Hoor vom Martin hätt ja au daher kumme könne, dass er die Leich gfunde het«, warf meine Mutter ein.

»Genau das hat mich auch erst ratlos gemacht. Warum sollte Martin am nächsten Morgen genau da einbrechen, wo er wenige Stunden zuvor jemanden getötet hatte? Ich meine, dadurch macht er sich in Anbetracht der Umstände nicht direkt verdächtig, aber es stellt ja eine unnötige Verbindung zwischen ihm und der Leiche her.

Aber Martin ist ja Polizist. Der weiß, wie gut die Spurensicherung heutzutage ist und dass es ziemlich wahrscheinlich ist, dass man seine DNS am Tatort findet. Sein Mord war alles andere als perfide geplant. DNS am Schuttiganzug hätte sich noch irgendwie erklären lassen, da waren im Lauf der Fasnet so viele Spuren hängen geblieben. Aber ein Haar mit seiner DNS in der Wohnung… in jedem Fall wären wir stutzig geworden.«

»Ja, hätte ihr ihm so e Hoor überhaupt zuordne könne?«

»Klar. Es ist nicht das erste Mal, dass Martin bei einem Leichenfund dabei war und bei so was müssen wir immer Proben abgeben. Eben damit man unsere DNS-Spuren von möglicher Täter-DNS unterscheiden kann. Nachdem mir der Verdacht gekommen war, dass Martin unser Täter sein könnte, habe ich auch gleich einen DNS-Abgleich angefragt. Und siehe da – Volltreffer!

Wie gesagt, der Mord war in jeder Hinsicht dumm. Das wurde Martin wohl auch bald darauf klar. Vermutlich hat er die ganze Nacht darüber gebrütet, wie er aus der Sache rauskommen könnte. Und dann kam ihm die Idee mit dem Latscharifangen. Und als langjähriges Mitglied der Fängergruppe war es keine Kunst die anderen von so einem lukrativen Ziel wie dem Narrenrat Schultis zu überzeugen.«

»Ganz schön raffiniert.«

»Aber das war ja alles nur eine Vermutung gewesen – reine Spekulation ohne handfeste Beweise und vor allem ohne, dass wir uns einen Reim über das Tatmotiv machen konnten.

Die DNS-Spuren am Tatort konnte Martin ja erklären, große, starke Männer gibt es Hunderte in der Region und die roten Haare von der Obelixperücke waren nur eine von mehreren Faserspuren.

Wir brauchten einen gerichtsfesten Beweis und deshalb mussten wir Martin eine Falle stellen, die ihn entweder entlastete, was mir lieber gewesen wäre, oder eben überführte.«

»Ja aber… warum het donn de Martin de Italiener abgschtoche? Us Rache für irgendwelche Mafia-Gschichte?«, fragte die Joosenbäuerin mit vor Vorfreude blitzenden Augen. Sie würde morgen die begehrteste Gesprächspartnerin im gesamten Dorf sein.

»Nein, unseres Wissens nach hatte der arme Pietro tatsächlich nichts mit irgendwelchen kriminellen Machenschaften am Hut.«

»Ja, aber warum denn donn?«

»Aus einem der häufigsten Gründe für Mord überhaupt – Eifersucht.«

»Eifersucht!? Ich verstond gar nix meh.«

»Oder blinde Wut ... wie man es nennen mag. Aber am besten beginnen wir am Anfang. Wendelin, magst du das übernehmen?«, fragte Ann-Sophie an mich gewandt.

In diesem Moment klingelte mein Handy. Die Nummer war mir nur zu gut bekannt.

»Oh nein, der Bürgermeister!«, murmelte ich wenig begeistert. Es stand mir gerade wenig der Sinn danach, Herrn Schmidt erklären zu müssen, wie ich dazu kam, einen ehrenwerten, unbescholtenen Elzacher Bürger, noch dazu den Revierleiter höchstpersönlich, wegen Mordes zu verhaften.

Ich drückte den Anruf unter dem tadelnden Blick meiner Oma weg. Für sie kam der Bürgermeister gleich nach dem Pfarrer, dieser Obrigkeit hatte man stets zu gehorchen.

»Darum kümmere ich mich morgen«, murmelte ich entschuldigend, denn keiner konnte besser tadelnd schauen, als meine Oma. Wenn sie mich mit diesem Blick bedachte, fühlte ich mich immer wie ein kleiner, ungezogener Bub.

»Also, wo waren wir stehen geblieben?«

Mit unserem Verdacht gegen Martin hatten wir uns also erstmal zu Stefan Schultis aufgemacht. Wie wir ja schon bereits geahnt hatten, wusste dieser mehr, als er bisher zugegeben hatte. Nun packte er endlich komplett aus.

Stefan wollte seinen Freund Pietro schon lange mal auf die Elzacher Fasnet mitnehmen. Nicht nur als Zuschauer, sondern mitten ins Geschehen. Pietro war stolzes Mitglied der Waldkircher Burghexen und es gab wohl so eine Art Disput zwischen den beiden, was cooler sei: Schuttig oder Hexe.

Am Montag waren eher wenige Schuttig im Städtle unterwegs. Der Hochtag war hier in Elzach definitiv der Sonntag, aber da waren die Burghexen selbst in Waldkirch beim Umzug aktiv.

Also zogen die beiden am Rosenmontag los, Pietro mit Stefans Totengfriss und dem roten Zottelgewand, Stefan mit seinem alten Rägemolli, den er sonst nie trug.

Offensichtlich hatte Pietro so viel Spaß, dass er den Schuttig gar nicht mehr herunterziehen wollte und so hielten sie bis spätabends durch.

Die beiden tobten sich so richtig aus und besonders Pietro schien das wilde Gehabe und die Anonymität zu gefallen. Sonst eher schüchtern, soff, schäkerte und tanzte er sich durch die Gasthäuser. Irgendwann verloren sich Pietro und Schultis aus den Augen.

Als sie sich später wieder trafen, war Pietro physisch wie psychisch komplett fertig. Er wollte sofort nach und Hause und erzählte Stefan, dass er eine Frau kennengelernt hatte. Sie hatten sich auf Anhieb super verstanden, zusammen getrunken, gelacht und viel getanzt. Der Alkohol tat seine Wirkung, und irgendwann kam eins zum anderen. Die beiden verließen das fasnächtliche Geschehen und gingen zu der Frau nach Hause.

»Des war die Frau vum Martin?«

Meinen Spürsinn hatte ich definitiv von meiner Oma geerbt. Mit ihren fast 90 Jahren war sie geistig immer noch äußerst fit.

»Genau, aber das wussten zu dem Zeitpunkt vermutlich weder Pietro noch Stefan.«

»Und die het donn mit dem junge Italiener... ihr wisse schu?«, fragte Maria sensationsgierig nach.

»Vielleicht – möglicherweise kam es auch gar nicht so weit.«

Karin Dörrsams Schäkerei mit dem Schuttig war wohl nicht unentdeckt geblieben und so hatte jemand Martin gesteckt, was seine Ehefrau gerade trieb.

Auf jeden Fall kam Martin kurz nach Karin und Pietro nach Hause, fuchsteufelswild stürzte er durch die Eingangstür. Da er nicht eben leise war, gelang es Pietro gerade noch die Flucht durch den rückwärtigen Garten zu ergreifen. Und Martin war zwar ein Tier, aber mit seinen über 100 Kilo kein besonders schnelles. Also entkam Pietro und wiegte sich in Sicherheit, wenn er jetzt zu Stefan nach Hause ginge... denn er hatte keinen Bock, dem gehörnten Ehemann noch einmal unter die Augen zu kommen. Scheinbar hatte Pietro begriffen, dass der in seiner Rage zu allem fähig war.

Doch der geliehene Schuttig von Stefan sollte ihm zum Verhängnis werden. Entweder hatte Martin die Larve erkannt oder sein Kumpel, der ihm Bescheid gegeben hatte, dass seine Frau mit einem anderen auf Tuchfühlung ging, hatte ihm gesagt, wer sich unter diesem Totengfriss verbarg. Diese Larve ist ja sehr markant und selten. Dass sie gerade an diesem Tag ausgeliehen worden war, konnte ja niemand ahnen.

»Und deswege isch de Martin direkt zum Stefan?«

»Scheinbar hatte er davor noch seine Frau verprügelt – wohl bei Weitem nicht zum ersten Mal – und sich das größte Küchenmesser aus dem Messerblock geschnappt. Offensichtlich hatte er wirklich vor Schultis umzubringen und war immerhin noch geistesgegenwärtig genug, dafür nicht seine Dienstwaffe zu verwenden. Wenn jemand mit einer P 2000 erschossen wird, ist jedem Ermittler klar, dass der Täter im Umfeld der Polizei zu suchen ist. Die Patronen kann man dann der Dienstwaffe mit ballistischen Untersuchungen zuordnen. Es war also kein Totschlag, sondern definitiv Mord. In gewisser Weise noch im Affekt und unter Alkoholeinfluss… aber Mord.«

Stefan Schultis hatte nicht eben wenig getrunken und den Zwischenfall mit Pietro schon fast wieder vergessen, als er eine Whatsapp von Karin Dörrsam erhielt.

Martin sucht dich. Er glaubt, du hättest mit mir geschlafen. Er ist stinksauer. Martin ist zu allem fähig! Pass auf dich auf!

Stefan zählte eins und eins zusammen und ihm wurde klar, in welche Scheiße sein italienischer Freund ihn und sich selbst manövriert hatte.

Der Narrenrat hastete sofort nach Hause, in der Hoffnung seinen Freund, diesen Vollidioten, dort wohlbehalten anzutreffen.

Doch als Stefan Schultis die Haustür aufschloss und sein Blick auf den toten Schuttig fiel, überkam ihn Panik. Erst wollte er die Polizei rufen... aber die Polizei, das war ja Martin – der vermeintliche Mörder. Dann wurde ihm klar, dass Martin wohl gedacht hatte, er hätte ihn selbst, Stefan, umgebracht, weil er den Schuttig erkannt hatte und dachte, er wäre mit seiner Frau fremdgegangen. Daraufhin drehte sein alkoholisierter Verstand komplett durch. Was wenn Martin noch im Haus war und ihn bemerkte?

Panisch ergriff Stefan Schultis die Flucht und rannte einfach in den Wald, bis seine Lungen so brannten, dass er nicht mehr weiterkonnte. Mit dem heranbrechenden Morgenlicht kam auch etwas Klarheit in seine Gedanken. In seiner Wohnung war eine Leichte, er war panisch weggerannt, war womöglich dabei gesehen worden oder hatte Fußspuren durch den Garten in den angrenzenden Wald hinterlassen. Und wenn er aussagte, der Mörder wäre der bei seinen Polizeikollegen beliebte Martin Dörrsam, würde man ihm vermutlich schon zwei Mal nicht glauben. Ob Martins Frau, die Stefan zwar gewarnt hatte, auch vor Gericht gegen ihren Mann aussagen würde, war eher zweifelhaft. Sobald Martin erkennen würde, dass Stefan wusste, dass Martin ein Mörder wäre, wäre sein Leben und das seiner Familie in ernster Gefahr.

Stefan beschloss erst einmal unterzutauchen und sich einen Plan zu überlegen. Dies tat er in der Hütte seiner Großeltern, wo wir ihn dann auch schlussendlich gefunden haben.«

»Leider waren Pietros Cousins mit ihren unkonventionellen Verhörmethoden noch etwas schneller als wir«, ergänzte Ann-Sophie.

»Un deswege het der nie was gseit?«

»Deswegen und weil wir mit unserer falschen Spur zu Philipp Leinert viele Fragen gestellt haben, die für Stefan selbst in eine ganz ungute Richtung gingen. Das jetzt auf einmal die Geschichte mit der Todesfahrt, Fahrerflucht, etc. aufgewühlt werden könnte, war ihm natürlich alles andere als recht.

Er wollte keinen Fehler machen und hatte wohl einfach gehofft, wir würden schon selber irgendwie auf Martins Spur kommen, und er könnte sich unwissend stellen, damit er selbst nicht in die Schusslinie geriet.«

»Das seid ihr dann ja auch«, sagte mein Vater mit stolzem Blick.

Na ja… so sicher war ich mir mit meinem Verdacht ehrlich gesagt nicht gewesen. Wir hatten schließlich bloß ein paar lose Indizien und mein Bauchgefühl. Von den Details der Tatnacht hatten wir ja erst später von Schultis erfahren. Und selbst da fehlte uns einfach noch ein Beweis, der vor Gericht standhalten würde. Vorher wollte Schultis auch nicht aussagen. Er wollte das erst tun, wenn sicher war, dass Martin auch ins Kittchen gehen würde.

Wir beschlossen Stefan Schultis als Köder zu benutzen, um Martin überführen zu können.

»Und da hat der Schultis mitgemacht? Sonderlich mutig hat er sich ja sonst nicht gerade verhalten«, fragte mein Vater verwundert.

»Nicht wirklich, aber wir konnten ihn davon überzeugen, dass wir Martin nur so zweifelsfrei als Täter entlarven konnten und der ganze Spuk, der Stefan und auch seine ganze Familie ziemlich belastet hatte, endlich ein Ende finden würde. Vermutlich war die Tatsache, dass ein frei herumlaufender Mörder, der jederzeit herausfinden konnte, dass Schultis alles wusste, noch schlimmer war, als sich ihm einmal zu stellen.«

Und wie sagt man so schön, der Rest ist Geschichte…

»De Martin … also des hätt ich ihm nie zutraut«, murmelte meine Mutter erschüttert, als wir zu Ende erzählt hatten.

»Ach, de Martin isch ja monchmol schu nit ganz bache… wenn der rotsieht, donn muss ma obacht gäh!«

»Wisse ihr noch, wie er dedmols die Burger Renate…«

Meine Gedanken trifteten ab. Ich wollte einfach nur noch ins Bett. Auch Ann-Sophie war still geworden und blickte müde in ihr Sektglas.

»Ich glaube, Ann-Sophie und ich gehen dann mal lieber ins Bett. Waren ein paar harte Tage.«

»Soso«, sagte mein Vater und zwinkerte mir vieldeutig zu. So ein Witzknochen.

»Boah, also ich meine natürlich, jeder in sein Bett, nicht zusammen«, stotterte ich genervt und wurde doch tatsächlich rot. Verdammte Müdigkeit.

Da lachten alle – auch Ann-Sophie.

Sonntag

Die für Anfang März erstaunlich warmen Sonnenstrahlen streichelten den Bauch unseres dicken
schwarzen Katers, der im Holzzuber vor der Tür
schlummerte. Mir fielen die ersten Frühlingsboten ins
Auge, lila und gelbe Krokusse, die zaghaft ihre Köpf-
chen aus der Erde hoben. Das Winteraustreiben war
scheinbar erfolgreich gewesen.

»So, da wären wir!«, sagte ich und hievte ganz
gentlemanlike Ann-Sophies Koffer in den Kofferraum
ihres Minis.

»Schön war es bei euch! Vielen lieben Dank für eure
Gastfreundschaft«, sagte Ann-Sophie an meine Eltern
und Großeltern gewandt, die aufgereiht wie die Orgel-
pfeifen vor dem Haus standen und aussahen, als ob sie
ihr geliebtes Kind in den Krieg ziehen lassen müssten.

»Schön, dass du do gsi bisch, Maidli, du konnsch je-
derzit vorbeikumme, ich moch dir au e gonz leckere
Gmiesiitopf«, sagte Oma. Dabei lächelte sie ihr rührse-
ligstes Runzellächeln.

»Ja, komm uns auf jeden Fall besuchen. De Wendelin
isch au ganz aufblüht, seid du da bisch«, ergänzte meine
Mutter.

Jessis, was redeten die denn wieder für einen
Quatsch?!

»Ist dem so?«, fragte Ann-Sophie und zog eine
Augenbraue hoch.

»Oh je, jetzt wird er wieder rot!«

»Schluss jetzt! Die Ann-Sophie muss los. Sie zieht ja
lediglich in ihre fertige, neue Wohnung nach Waldkirch

und nicht auf den Mond! Außerdem haben wir ja weiterhin das Vergnügen, zusammenarbeiten zu dürfen.«

»Ich freu mich drauf«, erwiderte Ann-Sophie und schenkte mir ein Lächeln, das meine Knie weich werden ließ.

Vergelt's Gott

Wir bedanken uns herzlich bei unseren Testleserinnen Uli Pitz, Anika Fuchs, Julia Baumann und Gaby Römling für die konstruktive Kritik und die zahlreichen Tipps und Anregungen. Danke an Christian Hentschel für die Covergestaltung und an Jasmin Seidel für die Bereitstellung des Coverfotos.

Zuletzt danken wir unseren Eltern, Familien und Freunden für die großartige Unterstützung in allen Lebenslagen. Ein besonderes Vergelt's Gott gilt unseren urelztäler Großeltern für die Inspiration zu der ein oder anderen Szene.